精霊歌士と夢見る野菜

永瀬さらさ

18230

角川ビーンズ文庫

Contents

精霊歌士と夢見る野菜

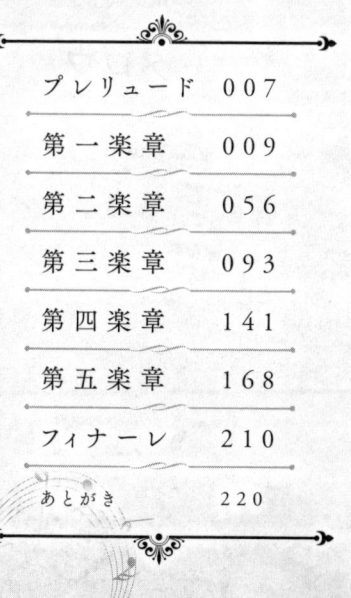

精霊歌士と夢見る野菜

Characters

精霊歌士見習い

メロウ

Key Word

精霊歌士

植物を育てる精霊歌を歌うことができる者。王国に認められた資格をもつ。

Key Word

ムーサ音楽院

精霊歌士の資格を得るためには、学院を卒業することが必要。例外もあるが…。

天才的な歌い手

エイディ

Key Word

契約精霊

精霊歌を通じて、人と契約し、植物を育てる力を与える。人間の世界では、動物の姿をとる。

メロウの契約精霊

ラヴィ

エイディの契約精霊

ミミ

本文イラスト／雲屋ゆきお

プレリュード

「精霊《せいれい》歌を歌いたいんだ？」

ねがい、と繰《く》り返した。そうだよと、ウサギの形をした精霊がぶっきらぼうに返す。

「精霊歌を歌えるようになりたい理由だよ。——何で君は精霊歌を歌いたいんだ？」

ああ、と少女は破顔する。それなら簡単だ。

「あのね、メロウのお母さまはとおくにいってしまって、ずーっと帰ってきてくれないの。きっとまいごになってるのよ。だからメロウはお母さまを探しにいくことにしたの。そのときにね、自分でお野菜を作れたらお料理ができるでしょう？　お花がさいたらさみしくないし、木や草があれば、ねむるばしょができるわ！」

誇《ほこ》らしげに自分の名案を語るメロウに、ウサギが何か言おうとして、黙《だま》り込んだ。そして白くて長い耳をまばたきのように揺《ゆ》らしてから、愛らしい顔を上げる。

「——分かった、契約《けいやく》してやる」

「ほんとう!?」

「これから君は、この枯《か》れ果てた大地に緑をもたらす残酷《ざんこく》な力を歌う。代償《だいしょう》は君の未来だ。君は今、人生を選択《せんたく》した。ボクにラヴィという名前をくれた君は、これから精霊歌を歌う義務を背負って生きる。たとえ、その才能が君の心をどれだけ蝕《むしば》んだとしても」

こぼれそうに大きな瞳《ひとみ》をぱちぱちと瞬く。四歳のメロウに、精霊の言葉は難しい。

「今は分からなくていい。でもいつかその願いに挫《くじ》けても、精霊歌を歌う重みに負ける日がきても——今日からボクが君の契約《けいやく》精霊だよ、メロウ」

ウサギの姿が一瞬《いっしゅん》だけ輝《かがや》いた。そこからふわりと浮《う》き上がった光源がメロウの喉《のど》に、すうっと入り込む。びっくりして喉に触《ふ》れてみたが、何も違和《いわ》感《かん》はない。

首を傾《かし》げたメロウの膝《ひざ》の上に、小さなウサギが座る。精霊なのに温かくて、重い。

「さあ、これでメロウは精霊歌が歌える。何か歌ってよ、さっきの歌は素敵《すてき》だった」

「——うん、まかせてラヴィ！」

ラヴィを抱《だ》いて立ち上がった。歌は得意だ。大好きだ。

迷い込んだ庭園で、メロウは歌う。

歌声に合わせて、花壇《かだん》のチューリップが一斉《いっせい》に花開く。萎《しお》れた雑草が力を取り戻《もど》し、風に揺れる。木々が祝福するように若葉を鳴らし、蕾《つぼみ》を綻《ほころ》ばせた。

目を輝かせたメロウは、ドレスの裾《すそ》を翻《ひるがえ》しながら、歌い続ける。

幼い深緑の瞳に映る世界は、華《はな》やかに彩《いろど》られ、塗《ぬ》り替《か》えられていった。

第一楽章

春が待っている。

そんな詩的な台詞《せりふ》が、晴れた空の雲と一緒《いっしょ》に、ぽっかりと浮かんだ。

「メロウ・マーメイドルさん」

「あっはい！」

柔《やわ》らかい日差しを透《す》かし見ていたメロウは、名前を呼ぶ声に慌《あわ》てて振《ふ》り向《む》く。緊張《きんちょう》した歩調に合わせて、丁寧《ていねい》に梳《と》かした髪《かみ》がふわりと揺れた。

順番待ちの集団を掻《か》き分け、木陰《こかげ》の下に設置された長い受付台の前に背筋を伸《の》ばして立つ。

「すみません、あの、私がメロウ・マーメイドルです」

「ムーサ音楽院不合格通知と、予備学生合格通知を」

指示された書類をお気に入りのショルダーバッグから取り出し、差し出す。同じバッグからチョッキを着た小さな白ウサギが顔を出し、鼻をひくつかせた。

受付係は通知書と手元の書類を見合わせ、判を押した。

「支援《しえん》不動産の申請《しんせい》をしておられますね。店舗《てんぽ》付住居を割り当てるくじ引きをこちらから」

運命を左右するくじが入った箱が横から差し出される。メロウはごくりと喉を鳴らし、一気にくじを引いた。折りたたまれた紙切れに住所が書かれている。

――ロマリカ地区プランタ通り裏《うら》三三二。

買ったばかりのムーサ学園都市の地図を大急ぎで開く。住所を追う細い指は、街の中心を十字に切る大通りから外れ、微妙《びみょう》な位置で止まった。

「……街のはじっこだし、海が綺麗《きれい》に見えるんじゃない」

バッグの中から地図を見上げている白ウサギが呟《つぶや》く。メロウは思わず呻《うめ》いた。

「……私ってどうしてこう運がないの。お店をやるのに、こんな街外れ……」

「くじをこちらに。家の見取り図や賃貸《ちんたい》契約書をお渡《わた》しします」

「あ、はいっ」

落胆《らくたん》を胸の奥に押し込んで頷《うなず》く。受付係は書類一式をそろえ、メロウに手渡した。

「今からメロウ・マーメイドルさんは精霊歌士見習いであると同時に、ムーサ音楽院予備学生ということになります」

「はい」

新しく得た肩書《かたが》きに、自然と背筋が伸びた。

「精霊歌士法に基《もと》づきこちらの土地・家屋は予備学生への支援不動産として賃貸料が二年間、無料になります。一ヶ月以内にこちらへの移住が認められないと契約解除となり、その際は賃貸料二年分を違約《いやく》金としてお支払《しはら》い頂きますので、ご注意下さい。また精霊歌士見習いとしての営業許可証等、細かい規則についてもその案内に入っております」

「はい、分かりました」

「これで予備学生としての手続きは終了《しゅうりょう》です。今後の予定については明日、予備学院にて説明会があります。――ムーサ音楽院予備学生合格、おめでとう御座《ござ》います」

そう言って受付係が差し出したのは、親指の爪《つめ》ほどの大きさしかない、小さなブローチだった。だが銀に輝く装飾《そうしょく》は細かく、三つ葉のシロツメクサを思わせる意匠《いしょう》が施《ほどこ》されている。

ムーサ音楽院予備学生の校章だ。メロウは緊張した面持《おもも》ちでそれを受け取った。

「精霊歌士目指して頑張《がんば》って下さい」

事務的な口調でも胸に響《ひび》く言葉に、メロウは力強く頷き返す。

「はい、頑張ります。有《あ》り難《がと》う御座いました！」

しっかりとお辞儀《じぎ》をし、ようやく手に入れた校章と書類を胸に歩き出す。

次に名前を呼ばれた子とすれ違《ちが》った。肩《かた》に小鳥を乗せている。あれが契約精霊なのだろう。

「予備学生におめでとうも何もないと思うんだけどな」

メロウの手を借りて器用に肩まで登った白ウサギが、愛らしい顔で皮肉った。

「予備学生だって選抜《せんばつ》されて合格したんだから、おめでとうで間違《まちが》ってないでしょ」

「でもムーサ音楽院の不合格者の中からの選抜じゃないか。つまり本学生の不合格者だろ？」

「予備学生の合格者よ。人の神経を逆撫《さかな》でする言い方を選ぶのはどうかと思うわ、ラヴィ」

ラヴィと呼ばれたウサギは、メロウお手製のチョッキの埃《ほこり》を払《はら》い落としながら言い返す。

「事実は事実として受け止めるべきだよ。でないと浮かれてメロウみたいな真似《まね》するんだ」

「私は浮かれてません。十分、落ち着いてます」

「予備学生に合格したって知った途端《とたん》、勢いで家を飛び出したくせに？　それまでムーサ音楽院不合格に落ち込んで、一日中布団《ふとん》の中から出てこなかったのはどこの誰《だれ》だっけ？」

ぐっとメロウは返答に詰《つ》まる。反論できないのは、その落ち込んだメロウにずっとついてくれていたのが、この皮肉屋のウサギだからだ。心配させた負い目を感じて黙ったメロウに、ここぞとばかりにラヴィの追撃《ついげき》がくる。

「お父さん達、今頃《いまごろ》心配して泣いてるよ。何でそうメロウはやることなすこと無謀《むぼう》なんだ。何よりメロウの契約精霊であるボクに相談がないってどういうこと？」

「……だって、ラヴィはいつも私のやることにまず反対するじゃない」

「反対するようなことしかメロウがしないからだろ。ボクが止めなきゃメロウは突《つ》っ走るだけじゃないか。たまには反対しないようなことして欲しいね、ボクも」

睨《にら》まれても、もう後戻《あともど》りはできない。そしてラヴィはそんなメロウに付き合ってくれる。それが契約精霊だ――そう知りつつ、メロウは罪悪感からか言い訳がましく続けた。

「やっと精霊歌士になれる十六歳になったんだもの。怖《お》じ気づいてる時間がもったいないでしょう？　それに私はマーメイドル子爵《ししゃく》家の一人娘《むすめ》なんだからしっかりしないと」

「あーそれ聞き飽《あ》きた。メロウのお父さんもお祖母《ばあ》さんも家名にこだわってないのに」

「お父様達はのん気すぎるの！　お屋敷《やしき》をとられた時だって、家族がそろってる場所が家だからなんて言って——だからあんな女に文句一つ言わずに」

最後だけ暗く呟いたメロウに、ラヴィは前を向いたまま素《そ》っ気なく注意する。

「そういうの、お父さん達喜ばないよ」

「分かってる。だから、お父様達の前では言わないじゃない」

「気付かれてるに決まってるだろ。メロウはすぐ顔に出るから」

「そう言うラヴィはすぐ口に出る」

ラヴィはむっと可愛《かわい》らしい口を尖《とが》らせた後で、黙《だま》り込んだ。

桜の並木道を校門に向けてまっすぐメロウは歩く。もう春だというのに頭上に花が一つも咲《さ》いていないことに気付いたラヴィが、不思議そうな顔をした。

「ここってあのムーサ音楽院だろ。木が枯《か》れたまま放置してあるなんておかしくない？」

「ここの桜は毎年、入学式で咲かせる決まりだからよ。だから今日、咲くの」

「……まさか、今日が入学式？」

きょとんとしたラヴィに、メロウは並木道を挟《はさ》んだ反対側にある人集《ひとだか》りを示す。

ムーサ音楽院の予備学生が手続きに集まっていたのは、広大な学院の校舎裏だ。そしてムーサ学園都市で一番高い位置にそびえる神聖な校舎の表側では、まさに今、ムーサ音楽院の本学生の入学式が執《と》り行われていた。

「不合格者の予備学生の手続きと、合格者の本学生の入学式が一緒って……何の嫌《いや》がらせ？」

「そう思うでしょ。……一日ずらすか、手続きの場所を別にしてくれればいいだけなのに」

溜《た》め息混じりに、メロウは入学式会場の真横に伸びる並木道を歩く。

会場は溢《あふ》れんばかりの人が集まっていた。国の将来を担《にな》う若者達のお披露目《ひろめ》になるムーサ音楽院の入学式は、ミュズラム王国の国民的行事だ。メロウが袖《そで》を通すことができなかった制服を着て、入学生達が座っている。

「でもムーサ音楽院の門は行事がないと開かないし、見物にどうぞってことなのかも」

「何その引きこもり仕様。門くらいずーっと開けときゃいいのに」

「学費寮費《りようひ》全額免除《めんじよ》、卒業すれば精霊《せいれい》歌士の資格がそのままもらえる唯一《ゆいいつ》の国立音楽院。国が誇《ほこ》る未来のエリート育成機関だから色々特別なの。学院内の自治権だって認められてるし、警備も半端《はんぱ》じゃないのよ。ちなみに今年の合格倍率、三十七倍」

人差し指を立てて説明するメロウに、ラヴィがわざとらしく目を眇《すが》める。

「メロウが合格しなかったのは倍率以前の問題だけどね。野菜しか作れないんだから」

「……でも私、学科試験は十分、合格圏内《けんない》だったんだから。それに子供の頃《ころ》なら野菜以外——花も果物も、植物は何だって全部作れたのに」

「昔の話だよ」

「皆《みな》さんもご存知の通り、戦争を繰《く》り返し自然を破壊《はかい》するばかりだった我々人間は神に見放され、母なる大地は何も植物を実らせない、不毛な大地へと変わり果てました」

　粛々《しゅくしゅく》と壇上《だんじょう》から響く声に、メロウはラヴィに言い返すのを諦《あきら》めた。メロウ達が歩く並木道は入学式の壇上の真横を通っている。余計なお喋《しゃべ》りは式典の邪魔《じゃま》になりかねない。

「しかし慈悲《じひ》の手を差し伸《の》べてくださった方がいた。それが精霊母ムーサです。精霊母ムーサは、精霊領に住む精霊達を動物の姿で人間界に遣《つか》わす事を約束して下さいました。そして動物と精霊を見分け名前を与《あた》えた人間が、精霊と契約《けいやく》を交《か》わし、歌うことによって植物が大地に実るようにして下さった。精霊母ムーサは目には見えぬものを人間が二度と踏《ふ》みにじらぬよう、精霊を通じて『精霊歌』という不思議の力を分けて下さっているのです」

　ミュズラム王国に住む者なら誰でも知っている伝承だ。入学生達も参列者も、退屈《たいくつ》そうに聞いている。並木道の端《はし》を遠慮《えんりょ》がちに歩きながら、メロウは不思議に思う。

(私には土と水があれば草が勝手に生える時代があった事が信じられないけど)

「入学生の皆さんにはこの学院を卒業し、人と植物を豊かに実らせる者『精霊歌士』としてミュズラム王国の実りを繋《つな》いでいって欲しい。ムーサ音楽院、ムーサ学園都市、そして学長代理であるこの私も協力を惜《お》しみません。皆様の成長を心から願っています」

紳士《しんし》的な仕草で頭を下げ壇上を降りる人物を横目で見ていたメロウは、司会の次の言葉に思わず足を止めた。

「では新入生代表の挨拶《あいさつ》です」

周囲も眠気《ねむけ》が覚めたように、一斉《いっせい》に壇上を注視する。ラヴィがそんな周囲に首を巡《めぐ》らせた。

「何、何なんだよ」

「……新入生代表はムーサ音楽院を首席合格した生徒で、挨拶で歌う決まりなの。能力によっては次の王様になるかもしれない人の歌だから、みんな気になるのよ」

ミュズラム王国の王族は、メロウが生まれる前に起こった革命で姿を消したと言われている。

そして革命後のミュズラム王国では、国に緑をもたらす精霊歌の能力が権力の判断基準になった。どの土地を支配しようが精霊歌がなければそこは不毛の大地だからだ。特にミュズラム王国の精霊歌士は世界的に通用する資格で、どの国でも諸手《もろて》を挙げて歓迎《かんげい》される。精霊歌士が領主より発言権を持っている地方も多くなった。身内から精霊歌士を輩出《はいしゅつ》できないがために家名を売り渡《わた》した貴族もいる。今の女王も、庶民《しょみん》にも拘《かか》わらず他《た》を圧倒《あっとう》する精霊歌の能力で女王になった。国家機密の八割を精霊歌士が握《にぎ》っているなどという噂《うわさ》も流れるほどだ。

今は、どんな権力者も精霊歌の能力がなければ排斥《はいせき》されてしまう時代に変わった。

「……人間って精霊歌の能力をそういう風にしか見ないから、進歩しないんだよ」

批判する癖《くせ》に、ラヴィの目はしっかり壇上に向けられている。あまりこの場にいたくないメロウは、ラヴィに尋《たず》ねた。

「歌が聞きたいの、ラヴィ？」

「歌はどうでもいいけど、契約《けいやく》精霊を見たいんだよボクは。どんなヤツだろ」

「契約精霊ならさっきたくさんいたじゃない」

だが、首席合格するような人間の契約精霊ともなると、何か違うのかもしれない。ラヴィはそれを気にしているのだ——メロウが不合格だったばかりに。

（私が野菜しか作れないのは、ラヴィのせいじゃないのに……）

そうラヴィに言ったとしても、ラヴィは当然だと寂《さび》しそうに笑うだろう。だからメロウは何も口にせず、まっすぐに顔を上げた。並木道からでも壇上の様子は十分見える。

階段を昇《のぼ》り、舞台袖《ぶたいそで》から壇上の中心へと歩いてきたのは男子学生だった。ムーサ音楽院の本学生にだけ支給される詰め襟《えり》の制服が、正直、妬《ねた》ましい。その背後に、犬に似た灰銀の大きな動物が付き従っている。

「オオカミだ」

ラヴィが嫌そうな顔で呟《つぶや》いた。

「人間と契約したくって精霊領から出てきたんだろうに、敬遠される姿でこっちに具現するなんてお気の毒だね。きっとひねた性格してるんだ。ボク、気が合わない」

「見かけで判断するなんて駄目《だめ》よ。ラヴィだって見た目はとっても可愛いのに」

「ボクを可愛いって言うな！」

その時、並木道に近い入学生の座席からひそひそと声が聞こえてきた。

――あのヒトライツ侯爵《こうしゃく》家の三男でらっしゃるんですって。

ヒトライツという家名はメロウにも聞き覚えがあった。優秀《ゆうしゅう》な精霊歌士を輩出し続けている名門貴族だ。確か今の侯爵が、ミュズラム王国の宰相《さいしょう》を務めている。

（そう、今時は貴族でも精霊歌士じゃなければ女王に拝謁《はいえつ》できない……）

――十六歳で首席合格、学科試験は全科目満点、実技試験も満点。草でも花でも木でも、どんな植物でもあっという間に育ててしまうってお話で――。

耳に入る賞賛に、思わずメロウは嘆息《たんそく》した。

（私だって野菜ならそれくらいできるのにな……）

野菜しか、とも言える自虐《じぎゃく》的な対抗《たいこう》心に、自分でげんなりした。うっかり言葉にしてラヴィに聞かれたら、それ見たことかと勝ち誇られるだろう。

気負わぬ足取りで歩く首席入学生は、メロウと同年齢だ。なのに既《すで》にメロウと違《ちが》う輝《かがや》かしい未来を約束されたその学生が、顔を上げた。

黒橡《くろつるばみ》の髪《かみ》は癖があるらしく撥《は》ね気味だったが、すっとした鼻梁《びりょう》や滑らかな顎《あご》の輪郭《りんかく》、顔の造作は無駄《むだ》なく整っていた。少年と青年の境目にいる伸び始めた若木のような身体《からだ》に、ムーサ音楽院の制服がぴたりと合っている。

だが、空と海を混ぜたような紺碧《こんぺき》の瞳《ひとみ》の動きが怪《あや》しい。瞼《まぶた》を落としそうになっては持ち上げていう仕草を、何度も繰り返している。分かりやすく表現すると、眠《ねむ》そうだ。

（……緊張《きんちょう》して眠れなかったとか？　首席は首席で、大変なのかも）

勝手に同情して、メロウは歩き出そうとした。ラヴィのお目当ては契約精霊だ。もうこの場から離《はな》れてもいいだろう。

「メロウ、あいつこっち見てるよ」

「え？」

ラヴィの指摘《してき》に振《ふ》り返ったメロウと首席入学生の視線が、正面からぶつかった。

（何……）

入学生席に座っていないメロウは、壇上からどう見えるだろうか。俯《うつむ》くのが嫌《いや》で、真っ向からメロウは相手を睨《ね》め付ける。まだ胸の奥にわだかまる、合格への嫉妬《しっと》と羨望《せんぼう》も隠《かく》さずに――何より、負けたままで終わるものかという決意を込めて。

精霊歌士になるには方法は二つ。

一つは、ムーサ音楽院に入学し三年間の学業を修め卒業すること。

もう一つは、予備学生だけが受験できる精霊歌士予備試験に合格することだ。

メロウは来年のムーサ音楽院の受験に専念するより、予備学生の道を選んだ。その方が近道だと踏んだからだ。

（絶対、来年の試験に合格して、すぐに追い抜《ぬ》いてやるんだから……！）

昔のように野菜以外の植物が育てられるようになれば、夢物語ではない。

一人で唇《くちびる》を噛《か》み締《し》めるメロウに、首席入学生がいきなりへらっと笑った。

拍子抜《ひょうしぬ》けしたメロウの瞳の中で、首席入学生が目を閉じ、両腕《りょううで》を広げる。何かの前触《まえぶ》れのように風がメロウを優《やさ》しく撫《な》でていった。

空と海が溶《と》け合う瞳と薄《うす》い唇が、開く。

メロウの全身を、衝撃《しょうげき》が吹《ふ》き抜けていった。

一人きりで彼は歌う。名誉《めいよ》ある校歌でもなければ荘厳《そうごん》な賛美歌でもない、春の出会いを描《えが》いた、ただの恋《こい》の歌を。

その歌声は日の光より強く、風より遠く、全《すべ》てに降り注ぐ。

壇上《だんじょう》に並べられていた花壇《かだん》から一斉に種が芽吹《めぶ》き、蕾《つぼみ》がゆっくり開く。枯《か》れ木が息を吹き返し、若葉と花に彩《いろど》られる。桜色の花吹雪《はなふぶき》が、澄《す》み渡る歌声が、メロウの全てを埋《う》め尽《つ》くした。

メロウは思い直す。

——春は、彼を待っていたのだ。


ミュズラム王国で有名な都市といえば首都、その次がムーサ学園都市だ。海に面した自然豊かな丘陵《きゅうりょう》に作られた都市は——必然的に、坂道が多い。

「ほら、もうちょっとだよ頑張《がんば》れメロウ」

「わ、分かってるから……ちょっと待って……」

重たい旅行バッグを引きずりながら、メロウは浮《う》いた汗《あせ》を振り払《はら》うように首を振った。細く柔《やわ》らかい髪が、潮風に流れる。

汗が滲《にじ》む額と火照《ほて》った頰《ほお》に当たる風が心地《ここち》いい。汽笛の澄んだ音に、振り返った。曲がりくねった下り坂の向こうで、蒸気機関車がかもめに見送られて海辺を走っていく。メロウが今まで住んでいた首都と全く違う光景が、眼下に広がっていた。

空に向けて赤煉瓦《あかれんが》の屋根が続き、白壁《しらかべ》の建築群が高くそびえている。どの建物も立派な造りだ。精霊《せいれい》歌士を目指す者達が集《つど》うムーサ音楽院を中心に発展した学園都市は、古めかしさと最《さい》先端《せんたん》が入り交じった独特の雰囲気《ふんいき》がある。

大通りに面してパン屋から仕立て屋まで生活を支える店が数多く並び、横にそれた道では市場が開かれている。五階建ての集合アパート、細長い建物に入った新聞社、オープンテラスのあるカフェ、王国内でも数少ない百貨店まで店を構えていた。学園都市というだけあって、書店や楽器店も多い。街灯が等間隔《とうかんかく》に設置され、歩道と車道に分けて整備されている。下水も完備されており、治安や衛生面でも安心できる都市として有名だ。石造りの道には塵《ごみ》一つ落ちていない。

馬車が軽快な蹄《ひづめ》の音を立てて、一息吐《つ》いたメロウを追い越《こ》していく。

「私、本当にムーサ学園都市にいるのね」

「何だよ今更《いまさら》」

「まだ実感がわかなくて。夢みたいでしょ、例えばさっきの――」

歌、という言葉をメロウはぐっと呑《の》み込む。無言で再び歩き出したメロウの肩《かた》の上で、地図を開いたラヴィが道順を示す。

「そこ左。住所分かってるんだし、ホテルから荷物送れば良かったのに」

「だって、送料、取られちゃうじゃないっ」

また息が上がってきたメロウに、ラヴィは貧乏《びんぼう》って辛《つら》いねとやるせなく返した。

言い返す息継《いきつ》ぎも惜《お》しんで、メロウはラヴィに示された角を曲がって坂道を上る。

ムーサ学園都市は、ムーサ音楽院を頂点にした小国だと比喩《ひゆ》される。ムーサ音楽院の学長が市長も兼任《けんにん》しており、ムーサ音楽院の敷地《しきち》とその他《ほか》の区画がはっきり分かれているせいだ。ムーサ音楽院は都市の北区画を占有《せんゆう》しており、ムーサ音楽院の本学生を含《ふく》めた関係者はそこで生活している。残った南区画が、メロウのようなムーサ音楽院の関係者以外が住む区画だ。

その南区画もムーサ音楽院の正門からまっすぐ延《の》びる大通りを中心に二つに分かれ、東側はロマリカ地区、西側はノース地区と呼ばれ、左右対称《さゆうたいしょう》に整備されている。

「――ね、ラヴィ。あそこじゃない？」

地図と一致《いっち》する場所に、自然とメロウの足と鼓動《こどう》が速まる。石畳《いしだたみ》が続く坂道の一番上に辿《たど》り着いてから、ラヴィが頷《うなず》いた。

「……ここだね」

メロウは旅行バッグを下ろし新しい我が家を見上げ――がっくりと肩を落とした。

辛めの潮風が吹き、かたかたと覚束《おぼつか》ない音を立てて家の窓硝子《まどガラス》が震《ふる》える。

「見取り図に書いてあった築年数からしてそうじゃないかと思ってたけど……」

「すっごいボロ家」

分かりやすいラヴィの評価に、メロウは内心で同意した。

二階建ての家は広く、支柱はしっかりと家を支えている。だが壁《かべ》の塗装《とそう》が剥《は》げている部分はあるし、赤いポストは錆《さ》びて折れそうだし、家を囲う木の柵《さく》は所々破損していた。何よりひどいのは二階の屋根だ。一部、はがれかけている。きっと夜空が綺麗《きれい》に見えることだろう。

しばらく家を眺《なが》めた後で、ラヴィが口を開く。

「――まあ、家と土地を無料で貸し出すんだからこんなもんだよね」

でも、屋根くらい無事でいて欲しかった。不満を飲み込み、メロウは気合いで顔を上げる。

「希望通り、一階の表側はお店ができる造りになってるもの……何も、問題はないわ」

「強がっちゃって。屋根のはがれた店にくる物好きな客なんていないと思うけど」

「修理できるまで応急処置でしのいでみせる。強くたくましく生きるって決めて家を出たんだから っ」

メロウは意気込んで玄関《げんかん》へと踏《ふ》み出した。鍵《かぎ》を出してから、玄関の鍵部分のねじが緩《ゆる》んで壊《こわ》れていることに気付く。早速挫《さっそくくじ》けそうになったが、逆に自棄《やけ》になって、玄関扉《げんかんとびら》の取っ手をつかんだ。硝子《ガラス》が半分差し込まれた木製の扉《とびら》が、嫌な音を立てて開く。

途端《とたん》に家の中から埃《ほこり》が舞《ま》い上がってきた。ラヴィと一緒《いっしょ》に咳《せ》き込みながら、メロウは恐《おそ》る恐る足を差し入れる。

「お、お邪魔《じゃま》します……？」

「メロウ、ここ今日からメロウの家だから」

「わ、分かってる」

正面玄関は店の出入り口でもある。通りに面した店舗《てんぽ》部分は、店を構えるための十分な面積があった。飾《かざ》り窓《まど》や樫《かし》のカウンター、棚《たな》まで設《しつら》えてある。メロウはカウンターの奥にある、住居部分へと繋《つな》がる扉へ進んだ。歩いた分だけ、埃を削《けず》る白い靴跡《くつあと》がつく。

扉を開くと、裏庭に続く裏口まで廊下《ろうか》が長くまっすぐに伸びていた。その間に洗面台や浴室、二階へ上がる階段、反対側に台所と続きで広い居間がある。居間には食卓《しょくたく》テーブル、棚や机、ソファのセットから絨毯《じゅうたん》まで埃を被《かぶ》ってそのままになっていた。

「これ……使っていいのよね、多分」

「置いたままってことは、そうじゃない？」

一人掛《ひとりが》けのソファに旅行バッグを置くと物凄《ものすご》い勢いで埃が飛んだ。目に涙《なみだ》を滲ませながら、メロウは急いで窓を開けて換気《かんき》する。

台所の造りも悪くはない。蛇口《じゃぐち》を捻《ひね》るとしばらく赤い水が流れていたが、透明《とうめい》に変わってくれた。食器棚に皿やカップまで残っていることに気付いて、メロウは不思議になる。

「この家の持ち主、相当お金持ちなのかしら。家具をそのままにしておくなんて――」

居間に戻《もど》ったメロウの頭上で、みしっと何かが軋《きし》む音が鳴った。ぎょっと上を向いたメロウの目に、天井《てんじょう》に刻まれていく亀裂《きれつ》が飛び込む。

屋根が剝がれている辺りだ。気付いた瞬間《しゅんかん》、物凄い音を立てて天井が抜《ぬ》けた。

「ぐえっ」

三人掛けのソファ目掛《めが》けて何かが落ちた。だが舞い上がった埃で前が見えない。咳き込み、メロウは涙を滲ませながらラヴィに尋《たず》ねる。

「い、今、声がしなかった？」

「大丈夫《だいじょうぶ》か？」

二階の空いた穴から飛び降りてきた影《かげ》に、ラヴィが真っ先に反応した。

「あーっ、さっきのオオカミ！」

オオカミはちらとラヴィを見て、すぐにソファに目を戻した。ラヴィが全身の毛を逆立てる。

「このっ無視すんな不法侵入者！　オオカミだからってウサギをナメてんのかよ⁉」

「……あと、ごふん……」

くぐもった声にラヴィが耳をぴんと立てる。オオカミは安堵《あんど》なのか、嘆息《たんそく》した。

やっと埃が収まったソファの上で、ふくらんだ毛布がもぞりと寝返《ねがえ》りをうつ。メロウは目をいっぱいに見開いたまま、動けなかった。

「……あれ？　……泥棒……？」

天井からソファに落ちてきた不審者《ふしん》が、毛布の隙間《すきま》から寝惚《ねぼ》け眼《まなこ》で首を傾《かし》げる。硬直《こうちょく》したメロウは、見覚えのある紺碧《こんぺき》の瞳《ひとみ》としばし見つめ合うことになった。

先に視線を外したのは、相手の方だった。正確には、目を閉じた。

「まぁ何でもいいや、おやすみ……」

「えっ――え、貴方《あなた》、何で天井から……ちょっと――寝ないで、起きて！」

我に返ったメロウが必死で身体《からだ》を揺《ゆ》すると、毛布に丸まろうとしていた相手が眉《まゆ》を寄せ、上半身を起こす。半分だけ開いた紺碧の瞳が周囲を見渡《みわた》した。

「ふあぁ、何だよ……さっきまでと部屋、違《ちが》うし……」

「それはお前が二階から落ちたからだ。言っただろう、あの床は抜けるかもしれないと」

オオカミがソファの横で説明する。対する相手は欠伸《あくび》をして、寝癖のついた頭をかいた。

「でも空が見えて気持ちよかったからさ……あれ、荷物どこに……あった」

目を擦《こす》りながら、ソファの傍《かたわ》らに落ちた大きな旅行バッグを確認《かくにん》する。そして、メロウに顔を向けた。ほんの数時間前、桜に祝福された壇上《だんじょう》でメロウが見た顔に間違《まちが》いない。

「盗《ぬす》まずに片付けといてくれると嬉《うれ》しい」

「何それ⁉ そんな泥棒いないというか私は泥棒じゃっ……そ、そもそもここは私の家で」

「えぇ？ 住所間違《まちが》えたのかなぁ俺……ロマリカ地区プランタ通り裏三三二なんだけど」

ここの住所だ。メロウは相手をまじまじと見返した。

「そ、それはここの家だけど……貴方、一体……」

「一体って……えーっと、俺の名前はエイディ・ヒトライツ。十六歳。性別、男」

「そ、そういうことじゃなくて……！」

どうにもずれる会話に挫けそうな気持ちを奮い立たせ、メロウは相手の詰め襟《えり》に光る四つ葉の校章を指して叫《さけ》ぶ。

「貴方、ムーサ音楽院の首席じゃないの⁉ ムーサ音楽院は全寮制《ぜんりょうせい》でしょ、どうしてここに」

「ああ、俺やめたから、ムーサ音楽院」

耳を疑う発言に、メロウは続く言葉を吐《は》き出し損《そこ》ねた。ラヴィもぽかんと口を開け、傍らのオオカミが溜《た》め息を吐《つ》く。

やっと覚醒《かくせい》したらしいエイディは、どうでもいいと言わんばかりの口調で話を続けた。

「入学式が終わってすぐ、退学届出して寮《りょう》から逃《に》げてきた。壁に穴があいてて、そこから」

「た……たいがく……にげた……？」

馬鹿《ばか》みたいに繰《く》り返す事しかできないメロウに、エイディは深刻そうに頷いた。

「だって、朝九時から授業が始まるって言うんだ……俺、そんな生活できない」

声を失ったメロウの前で、エイディはもう一度、大きく欠伸をした。

「ムーサ音楽院に入学するって、うちの家では通過儀礼《ぎれい》みたいなもんなんだ。兄ちゃん達もみんな首席だったし。だから受験した理由は特にない。歌うのは好きだけど」

説明を求めると、エイディは開口一番そんな風に言った。

「でも入学式だけだと思ってたら朝九時から授業って聞いて……その十分前には起きなきゃいけないってことだろ？　絶対そんな生活続かない。だから入学式の後、そのまま寮に退学届置いて、脱走《だっそう》してきた。で、当面はこの家に隠れてようかなーと」

「た……退学……首席合格した人間が、入学早々、退学……しかも脱走……」

誰《だれ》もが羨《うらや》む輝《かがや》かしい未来を蹴《け》り飛ばした人間が、木目の食卓テーブルを挟《はさ》んでメロウの目の前に座っている。呆然《ぼうぜん》とするメロウの意識を、沸騰《ふっとう》を知らせるケトルの音が引き戻した。メロウは慌《あわ》てて立ち上がり、台所へ向かう。エイディはまだ欠伸をしていた。その横で床に座っているオオカミの方が、こちらを観察している。

（落ち着こう、落ち着いて私……ここは私の家。色々計画があるのよ、しっかりしないと）

エイディの話によれば、ここはエイディの祖父が建てた家だということだった。それが節税対策で予備学生の支援《しえん》不動産として登録されており、メロウに貸し出されたのだ。

つまりエイディはこの家の貸し主のご子息だということになる。

状況《じょうきょう》を整理しながら、祖母から餞別《せんべつ》にもらった蜂蜜《はちみつ》漬けのレモンの瓶《びん》をあけ、洗ったばかりのマグカップに放り込む。沸《わ》いたばかりのお湯を注げば、出来上がりだ。

温かい飲み物を手渡《てわた》すメロウに、エイディは人懐《ひとなつ》っこく笑った。

「有り難《がと》う。君、優《やさ》しいんだな」

「え……」

「メロウ、真に受けない。社交辞令だろ」

テーブルの上に陣取《じんど》っているラヴィが冷たく忠告する。エイディが唇《くちびる》を動かした。

「メロウ」

綺麗《きれい》な発音に、メロウは弾《はじ》かれたように顔を上げた。ラヴィが漏《も》らした名前を丁寧《ていねい》に紡《つむ》いだエイディが、食卓テーブルに頬杖《ほおづえ》を突《つ》く。

「綺麗な名前だな。下は？」

「マーメイドル。メロウ・マーメイドル――」

流されるままに答えてしまってから、メロウは我に返った。だが、後の祭りだ。

エイディが少し首を傾げ、メロウの懸念《けねん》を的中させた。

「マーメイドル？　マーメイドル子爵《ししゃく》家の女の子……ひょっとして君が、女王の娘《むすめ》？」

ぎゅっと拳《こぶし》を握《にぎ》り、メロウは誤魔化《ごまか》すことを諦《あきら》めた。

「──そう、です。でもあの人と私は、関係ないから」

強張《こわば》った声が嘲《あざけ》りを含《ふく》んで響《ひび》く。ラヴィがメロウの名前を呼んで窘《たしな》めたが、それも耳をかすめただけで、届かない。

「住む世界が違う人なのに、色々変な目で見られたりして、迷惑《めいわく》してるんです」

「……でも、実の親子なんだろ？　女王は未婚だけど、血の繋《つな》がった本当の娘だって」

「他《ほか》の優秀《ゆうしゅう》な子供を育てるのに夢中で一度も会いに来ない人でも、母親って言うんですか」

吐き捨てたメロウに、エイディが黙《だま》り込んだ。居心地《いごこち》の悪い静寂《せいじゃく》が居間に広がる。

「──ごめん」

たった三文字の音が、メロウの耳に柔《やわ》らかく流れ込む。エイディが更《さら》に重ねた。

「事情はよく分かんないけど、ごめん。俺、人に気を遣《つか》うのあんまりうまくないし、君にどう言えばいいか分からない」

いい声をしていると、今の話題と全く関係ない事をメロウは思った。心に直接響く声だ。

（……素直《すなお》な人なんだ）

変な同情も説教もしない。メロウの強張った呼吸がゆっくりとほどけていく。肩《かた》の力を抜いたメロウは、首を振《ふ》った。

「……私こそ、ごめんなさい。話が逸《そ》れちゃいましたね」

メロウは愛想笑《あいそ》いを作り直し、深呼吸して、そもそもの話に戻《もど》った。

「ヒトライツさん。この家も土地も、予備学生の私に貸し出されてるって話はしましたよね」

「ああうん、さっき聞いた」

「ヒトライツさんがここに来た事情は分かりました。でも貸し出された以上、ここは私の家です。他の場所を当たって頂けると嬉しいんですけど」

背筋を伸《の》ばし、しっかりした口調でメロウは要求した。貸し主の親族に出て行けというのは気が引けるがこの性格と態度だ、強く言えば案外あっさりと納得《なっとく》してくれるかもしれない。

だがメロウの予想に反して、エイディは眉を顰《ひそ》めた。

「それは困る。今から行く当て探すのも移動するのもめんどくさい」

「そ……そうは言われても、ここは間違いなく私が借りた家で」

「だから俺も考えたんだけどさ。君が俺の面倒《めんどう》をみてくれれば、何も問題ないよな」

エイディの真剣《しんけん》な眼差《まなざ》しにメロウが返事をするまで、数秒必要だった。

「……はい？」

「よし、決まりだ」

「えっちょっと待って違いますっ！　今の『はい』は疑問形で……っ全然知らない人と一緒《いっしょ》にいきなり暮らすとか無理ですから！」

焦《あせ》ったメロウにエイディはああそうかと頷《うなず》いた。

「名前と年齢《ねんれい》は言ったよな。後は……そうだな、俺の趣味《しゅみ》は寝ることと歌と読書。特技はどこでも寝ること。好きなのは寝ること」

「ね、寝てばっかり……っわ、私が言いたいのはそういうことじゃなくてですね」

「バカじゃないのお前、どうしてメロウがお前の面倒みなきゃいけないんだよ。どうやったらそういう結論になるわけ？」

ラヴィが横から話に割り込む。エイディはマグカップに口をつけた後で答えた。

「だってここ、予備学生の支援不動産なんだろ。無料で貸し出すんだ。持ち主が使うことになったら、予備学生は一ヶ月の猶予《ゆうよ》の後で退去するって条項《じょうこう》があったはずだけど」

すらすらとしたエイディの説明に、メロウもラヴィもそろって黙った。

「でもそれじゃ君は困るんだろ？　こんな家がくじで当たったってことは、君はムーサ学園都市じゃ空きの少ない店舗《てんぽ》付住居を希望してた。そこから察するに、君は店をやりたいんだ。でも金銭的余裕《よゆう》はない。財産があるなら支援不動産の審査《しんさ》ではねられるもんな」

「そう……だけれど」

涼《すず》しいエイディの態度に歯嚙《はが》みして、メロウは自分の見通しの甘さを悟《さと》る。

ムーサ音楽院に学科試験満点で首席合格するような男だ。どんなに頼《たよ》りなげに見えようが、あの難問を正解するだけの頭の回転も知識も持っている。

にっと、エイディが隙《すき》のない笑《え》みをメロウに見せた。

「でも、俺をこの家に置いて面倒みてくれるなら、俺が君を追い出す理由はないよ」

「冗談《じょうだん》じゃない、ボクはオオカミと同居なんてできないからね！　被食者《ひしょく》と捕食者《ほしょく》だよ、共同生活なんて明らかに自然《しぜん》の摂理《せつり》に反してる！」

メロウより先にくってかかったラヴィに、落ち着き払《はら》ってオオカミが答えた。

「安心しろ、私は野菜も食べる」

「それは肉も食べるってことじゃないか！」

「悪い話じゃないと思うけどな。予備学生の手続きってもう終わってるんだろ？　他の店舗付の家は貸し出されちゃっただろうし、今からじゃ家も有料しか残ってないかも。それに支援申《しえんしん》請《せい》が通った後で正当な理由なしに家を出たら、違約金払《いやくきんはら》わされるんじゃなかったっけ？」

ずらずらとメロウの金銭的負担を並べ立てるエイディは、裕福《ゆうふく》な侯爵《こうしゃく》家の三男だ。抗《あらが》いがたい貧富の差を感じながら、メロウは幾許《いくばく》か反撃を試みる。

「……じゃあ私を追い出したら、貴方《あなた》の居場所をムーサ音楽院にばらしてやるっていうのはどうですか？」

「それはお互《たが》い利害が一致《いっち》してるってことだよな」

その通りだった。だが、メロウはふざけた一言を決して忘れていない。丁寧な口調を取り払い、メロウはエイディを睨《にら》みながら尋《たず》ね直す。

「私は貴方の居場所を黙っておく、貴方は私を追い出さない。そこまでは対等としても、私に貴方の面倒みろってどういうことなの？」

「俺、寝る以外何もしたくないんだ。できれば息もしないで寝てたい……」

「それって死ぬしかないじゃない！」

「人間ってどうして起きないと生きていけないんだろうって常々思ってる」

もはや言い返す気力もなくして、メロウは頭を抱《かか》えた。

(何なのこの展開は……っまさか入学式に睨んだせいで私はこんな目に遭《あ》ってるの？)

苦悩《くのう》するメロウに、エイディが不思議そうな顔をした。

「俺、そんなに面倒かかんないぞ。基本、寝てばっかだし」

「……そういう問題じゃないと思うの」

「でも寝る所さえあればいい俺はお買い得だと思う」

「馬鹿《ばか》言わないで食事はどうするの⁉　掃除《そうじ》は⁉　仕事は⁉　生活費は⁉」

「荷物の中に現金あるし、換金できそうな物もあるから適当にしといて。しっかりしてそうだから全部君に任せる、俺。でも働くのは嫌だ」

「男のプライドとかないのかよ、お前……」

呆《あき》れを通り越《こ》してメロウは脱力《だつりょく》した。ラヴィが呆然《ぼうぜん》と呟《つぶや》く。

「あるぞ？　俺を置いてくれなきゃ俺は君を追い出す。やり方なんかいくらでもあるよ」

息を呑《の》んだメロウ達に、エイディはほんわかと微笑《ほほえ》み返す。

（こっこの人……！）

口元を引き攣《つ》らせたメロウからエイディは決して目を逸らさない。

エイディの交渉《こうしょう》は的確だ。ここから出て行き新しく支援《しえん》不動産の申請《しんせい》を出しても、支援不動産が見つかるまでは有料で家を借りることになる。その出費すら、メロウには痛手だ。

（お父様達に迷惑かけるわけにはいかない、自分で何とかしなきゃ……！）

テーブルの上で握られたメロウの拳を見て、ラヴィが声を上げる。

「メロウ、まさかこいつの提案受け入れたりしないよね」

「……一考の余地はあると思うの」

「ないだろ。メロウにはちゃんと帰る家があるんだ、無茶《むちゃ》しないでお父さん達の所に戻ればいいんだよ！　それでまた来年ムーサ音楽院を受験し直せば」

「……ああ、そっか。予備学生ってことは……」

エイディが途中《とちゅう》で口を噤《つぐ》む。濁《にご》った言葉の先を察したメロウは、低く唸《うな》った。

「悪かったわね、不合格者で……！」

「世の中って色々、上手《うま》くいかないよな……」

悪意のない眼差しを向けるエイディは、さすがの首席合格者様だ。メロウは両手をテーブルに叩《たた》き付けて、勢いよく立ち上がった。

「分かりました！　貴方の提案を受け入れます」

「ちょっと、メロウ！」

エイディが嬉《うれ》しそうに笑う。ラヴィがエイディを睨《ね》め付けた。

「そうこなくちゃ」

「お前、まさかわざと……っ」

「エイディのはただの天然だ」

「だったら余計にタチ悪いだろそれ！」

「俺の面倒をみてくれるんなら俺だって何か譲歩《じょうほ》するよ。何か条件とかある？」

テーブルの上下で繰《く》り広げられる契約精霊《けいやくせいれい》のやり取りを聞き流して、エイディがメロウに尋ねる。

メロウは腰に手を当てて、上からエイディを睨んだ。

「追い出すって脅《おど》したって、貴方は正規の持ち主じゃないわ。だから家主は私、ヒトライツさんはただの居候《いそうろう》。そこははっきりさせてもらいます」

「分かった」

「私は絶対に精霊歌士になるって決めてるの。だからその邪魔《じゃま》になるようだったら貴方は黙《だま》ってすぐに出て行く、それも約束して」

「いいよ、邪魔はしない」

あっさりと頷き返されると余計に腹立たしいのは何故《なぜ》だろう。むすっとしたままメロウは勢いよく椅子《いす》に座り直した。その傍《かたわ》らで、ラヴィが前足で顔を覆《おお》う。

「俺のことはエイディでいいよ。分かってると思うけどこっちは俺の契約精霊。名前はミミ」

「馬鹿メロウ……！」

「……ミミ？」

物騒《ぶっそう》な面構《つらがま》えとあまりに不似合いな名前を、メロウとラヴィはそろって聞き返す。

オオカミは大真面目《おおまじめ》な顔で頷いた。

「ミミという。大変ご迷惑《めいわく》をおかけすると思うが、メロウ殿、ラヴィ殿。宜《よろ》しく頼《たの》む」

「……貴方、その名前が気に入って契約《けいやく》したのよね？」

「うむ、気に入っている。可愛《かわい》らしいだろう」

「……。ごめんなさい、貴方、ひょっとして女の子なの……？」

恐《おそ》る恐る確認《かくにん》したメロウに、ミミはしっかりと頷《うなず》き返した。

「いかにもそうだ。私は乙女《おとめ》である」

ラヴィがあんぐり口を開けたまま、固まった。

エイディがもう何度目か分からない欠伸《あくび》をして、マグカップを置き、立ち上がる。

「じゃあ、俺は上の空き部屋で遠慮《えんりょ》なく寝かせてもらうから後、よろしく」

「ちょっ……まだ夕方なのに!? 荷物の片付けとか、夕飯は!?」

「いらない。もう朝から入学式だ何だって、今日はほんと眠《ねむ》いんだよ……おやすみ」

ひらひらとメロウに手を振《ふ》ったエイディは、欠伸をしながら階段へと向かう。呆然とするメロウとラヴィに、ミミが申し訳なさそうに小さく頭を下げ、エイディの後を追いかけた。

爽《さわ》やかな朝日が広々とした講堂に差し込んでいる。

半円を描《えが》きながら後ろに向けて段になっていく長机の最前列、真ん中の席を陣取《じんど》ったメロウは、背負っていた四角い鞄《かばん》を下ろした。一番乗りだ。革《かわ》でできた鞄のふたを押し上げて顔を出したラヴィが、恨《うら》めしげに呟く。

「また朝から無駄《むだ》に張り切って……もうボクは昨日からほんと疲《つか》れた、馬鹿メロウのせいで」

「ラヴィ、いい加減に納得《なっとく》して。今から説明会よ、気持ちを切り替えたいの」

昨夜から愚痴《ぐち》ばかり繰り返すラヴィに、メロウは顔を顰《しか》める。だがラヴィはぶつぶつと机の上で呪詛《じゅそ》のように呟き続けた。

「信じられない、あんな寝てばっかの駄目《だめ》男とオオカミ抱え込むなんて。ボクは一晩中警戒《けいかい》して眠れなかったよ。お父さんが聞いたら卒倒《そっとう》するね、嫁《よめ》入り前の娘《むすめ》が引っ越し先で男と同居なんて。どう説明するつもりだよ」

「……。まだ住所は知らせてないから大丈夫《だいじょうぶ》。バレなきゃいいのよ、バレなきゃ」

「何言ってんだこの不良娘！　ちょっとは反省しろよ、あんな安い挑発《ちょうはつ》に乗って！」

「だって腹が立ったんだもの！　どうせ私は不合格者よ、それを首席だからって……！」

メロウは拳《こぶし》を握《にぎ》って震《ふる》える。そんなメロウに、ラヴィは肩《かた》を下げた。

「この負けず嫌《ぎら》い……おかげで最悪だよ。ボクが食べられたらどう責任取るつもり?」

「女の子だから大丈夫なんじゃない?」

「性別なんか関係ない食物連鎖《れんさ》の話をしてるんだよボクは!」

「あの……おはよう」

背後からかかった声に、メロウもラヴィも同時に振り向《む》いた。茶色の髪《かみ》を肩の上で揺《ゆ》らした女の子が一人、肩に小鳥を乗せて恥《は》ずかしそうに立っている。

ラヴィに鼻で突《つ》かれてメロウは我に返り、深々とお辞儀《じぎ》をした。

「お、おはようございます」

「メロウ、同級生なんだからここは『おはよう』でいいんだよ、頭上げて!」

ラヴィの指示にメロウは急いで姿勢を直す。すると、女の子が笑った。

「うん、丁寧《ていねい》語じゃなくていいよ。私、リーリ。リーリ・ウィクルっていいます。貴方《あなた》も今年のムーサ音楽院予備学生、だよね」

「は、はいそうで……そ、そう、です」

「丁寧語のままだろそれじゃ!」

「ラ、ラヴィは黙ってて!」

余計に緊張《きんちょう》して混乱する。言い返したメロウに、リーリがくすくすと笑った。その笑いを受けて、小鳥がラヴィの前に飛び移る。ラヴィが驚《おどろ》いて後退《あとずさ》った。

「こっちは私の契約精霊。席、隣《となり》いいかな？」

「は、は……う、うん」

「ムーサ音楽院の首席入学生、すごかったね。私も歌、聞いてたよ」

椅子に座ろうとした体勢のまま、メロウは固まった。メロウの反応に、リーリが首を傾《かし》げる。

「あれ、違《ちが》った？　首席って聞こえた気がしたから」

「う、ううん！　そう、歌。私も入学式で聞いた、から、その話を」

上擦《うわず》る声をどうにか抑《おさ》えながら、メロウはぎこちなく椅子に腰を下ろす。

エイディの面倒《めんどう》と、居場所の黙秘《もくひ》。それがメロウが呑んだ条件だ。そうでなくても、その首席が家で毛布にくるまったまま惰眠《だみん》を貪《むさぼ》っているなどとは、言えない。

「素敵《すてき》な歌声だったなぁ。本当、魔法《まほう》みたいだった。ムーサ音楽院中の桜があれで咲《さ》いたんだって。しかも、少しずつ満開に向かってるみたい」

「……そう、なんだ……」

「木の花を咲かせるって難しいのに、凄《すご》いよね。それを広範囲《こうはんい》で、生命力まで与《あた》えるなんて」

惜《お》しみない絶賛に、メロウは講堂に次々入ってくる予備学生を見る素振《そぶ》りで目を逸《そ》らす。

その優秀《ゆうしゅう》な首席は朝どれだけ起こしても起きず、仕方なくメロウは朝食を作り置きしてミミに言付けたが、食べただろうか――というか、そもそも起きたのだろうか。

「あ、でも今朝《けさ》の新聞に載《の》ってたんだけど……読んだ？　ムーサ音楽院の記事」

「う、ううん、知らない」

メロウは思わずエイディのことを想像して、先に否定する。リーリは声を潜《ひそ》めた。

「ムーサ音楽院に『呪いの種』が埋《う》まってて『なれの果て』が育ってたんだって」

予想と全く違う話に、メロウは目を瞬《まばた》いた。

通常、人間との契約が終了《しゅうりょう》した精霊は姿を消し、生まれ故郷である精霊領に帰る。

だが人間に殺された契約精霊は、種へと形を変えて残る。『呪いの種』と呼ばれるその種は、同じ土の中にある他《ほか》の植物の種に擬態《ぎたい》し、精霊歌ではない普通《ふつう》の歌でも芽吹《めぶ》くという特徴《とくちょう》を持っている。それだけなら害はないのだが、芽吹いた後が問題だ。擬態した植物と同じ姿で周囲の植物を枯《か》らしながら精霊歌なしに成長・繁殖《はんしょく》していき、最終的にはどんな植物とも違う、猛《もう》毒《どく》の瘴気《しょうき》を放つ禍々《まがまが》しい巨大《きょだい》植物に育つ。それを総称《そうしょう》して『なれの果て』という。

「それ……どうなったの、怪我《けが》人とか」

「瘴気を吸って意識不明の学生が何人かいるみたいだけど……でもなれの果ては、精霊歌で根まで枯らしたからもう安全だって」

普通の歌でも芽吹く呪いの種から芽吹いたなれの果ては、逆に精霊歌で枯れるという特性を持っている。成長度合いに比例して高度な精霊歌が要求されるが、ムーサ音楽院ならば問題なく精霊歌士を用意できるだろう。

「でも怖《こわ》いよね……何より信じられない、契約精霊を殺す人間がいるなんて」

そう言ってリーリが自分の小鳥を手に乗せる。呪いの種が存在するということは、誰《だれ》かが契約精霊を殺したということだ。メロウも無意識に、ラヴィに手を伸《の》ばした。ラヴィがメロウの手の平に身体《からだ》をすり寄せる。ほっとした時、一際《ひときわ》大きな音を立てて講堂の扉《とびら》が開いた。

まっすぐ教壇《きょうだん》へ向かう教師と思《おぼ》しき男の姿に、がたがたと着席音が響《ひび》く。メロウの方に身を寄せていたリーリも、慌《あわ》てて座り直した。メロウも鞄を机の下に置いて、真正面を向く。

黒髪《くろかみ》に黒縁眼鏡《くろぶちめがね》、黒スーツと、上から下まで黒々としている男が教壇に立った。波打つ前髪《まえがみ》の下で、眼鏡のレンズが光る。緊張に満ちた講堂に、神経質そうな第一声が響き渡《わた》った。

「よくもまあこれだけ身の程《ほど》を弁《わきま》えないクズがぞろぞろと集まったものですね」

メロウはまず自分の耳を疑った。ラヴィも、長机の上で長い耳を傾げている。

眼鏡の黒縁を持ち上げ、男はどこで息継《いきつ》ぎをしているのか分からない早口で喋《しゃべ》り始めた。

「ああ失礼、今からムーサ音楽院予備学生説明会を開始します。私、貴方達の担任教師に任命されましたカーチス・クレメンと申します。特に宜《よろ》しくして頂く必要はありません。これから貴方達は予備学生として在籍《ざいせき》できる二年の間に、年に一度の精霊《せいれい》歌士予備試験合格を目指すのです。チャンスは二回きり、とても宜しくしている時間などないでしょう」

白けた顔で、カーチスはぐるりと講堂内の生徒達を見渡した。

「貴方達に課されるのは毎週日曜日に行われる日曜講義への出席、定期試験や課題、何よりムーサ学園都市で働き職業実績を積むこと。これは予備学生の本分です。なお、定期試験も含《ふく》め、成績表に一つでも落第点がついた場合、即刻除籍《そっこくじょせき》ですので」

「一つでも……⁉」

「一つでもです。ムーサ音楽院を不合格に終わってもなお精霊歌士を目指す分際で、一度くらい落第点を取っても大丈夫などと、何を甘い事を考えているのですか」

学生の不満にカーチスは容赦《ようしゃ》のない即答《そくとう》を返した。厳しい成績評価は望むところだが、小馬《こば》鹿《か》にした口調が勘に障《さわ》る。だがメロウは唇《くちびる》を引き結んで堪えた。

「それと予備学院に契約精霊《けいやくせいれい》を連れてくることは禁止します。トラブルの元ですので。連れてくる必要がある際はこちらから指示します。年間行事は机に配られた資料で確認《かくにん》して下さい」

一方的に説明を終えたカーチスは、呆然自失《ぼうぜんじしつ》の生徒達を冷たく見渡した。

「あらかじめ言っておきます。この中で精霊歌士になれる者などいないと覚悟《かくご》しなさい」

講堂にざわめきが走った。メロウの隣でリーリも顔を顰めている。だがカーチスはよく通る声を張り上げた。

「静かに。では聞いてみましょうか、そこの貴方。予備学生の制度が始まって十年、精霊歌士になった人間が何人いるかお分かりですか」

いきなり指名された男子学生が、周囲を見回してからのろのろと立ち上がる。だが既《すで》に、カーチスは男子学生から視線を逸らしていた。

「遅《おそ》い、もう答えなくて宜しい。答えは三人。片手で足りる数だ」

勢いよく喋っていたカーチスが一呼吸だけ置いた。その呼吸の意味は、講堂の中にいる生徒達にも伝わる。

「精霊歌士予備試験の内容は毎年様々ですが、いずれもムーサ音楽院卒業試験程度のレベルです。それでこの数字、この意味がお分かりですか？　貴方達は所詮《しょせん》、ムーサ音楽院の不合格者。今からムーサ音楽院の本学生に追いつける逸材などほとんどいないということです」

カーチスが嫌味《いやみ》ったらしい仕草で大袈裟《おおげさ》に溜《た》め息を零《こぼ》した。メロウはむっとして、視線に険を込めてしまう。

「ムーサ音楽院に合格する人間は一発で合格し、卒業していきます。かく言う私も一発合格でした。身の程を弁えず、無闇《むやみ》に高い目標を掲《かか》げられても迷惑《めいわく》なのは周囲だ。なので、皆《みな》さんも引き際《ぎわ》は弁えるように。例えばそこの貴方」

「は、はいっ」

いきなり指名されたリーリが、もたつきながら立ち上がる。カーチスは獲物《えもの》を見つけた狩人《かりゅうど》のように目を光らせた。

「貴方は何故《なぜ》、精霊歌士を目指すんですか。昔は精霊歌士という国家資格しかありませんでしたが、今は準精霊歌士という民間資格もある。精霊歌士見習いとして二年間、職業実績を積めばいいだけだ。準精霊歌士でもそこそこの未来が保証されている」

「いくら小さな町で優秀だと持て囃《はや》されても精霊歌士を目指すとなると、話が全く違う。リーリ・ウィクル。貴方《あなた》も二度、ムーサ音楽院に合格できずに思い知ったのでは？」

カーチスが淀《よど》みなく学生の名前と、経歴までそらんじていたことにメロウは気付く。入学したばかりの予備学生の顔と名前、経歴まで記憶《きおく》しているこの男は、確かに優秀なのだろう。

だがメロウの横に立つリーリは、その優秀さに追い詰《つ》められて泣き出しそうになっていた。

「二度の不合格で多くなる親の溜め息にでも耐《た》えきれなくなりましたか。だが貴方達が今から浴びる嘲笑《ちょうしょう》はそんなに甘いものではない。私の質問に即答できないようでは、さっさと田舎《いなか》に帰った方が身のためですよ。座りなさい」

何も言えないまま、リーリが座る。小さな肩《かた》が震《ふる》えていた。

メロウは長机の縁《ふち》をつかんだ。カーチスが小さく嘆息《たんそく》する。

「まったく、女王も何を考えて予備学生という制度など作られたのか」

「お言葉ですが、予備学生の制度は働く学生を評価することで庶民《しょみん》に親しんだ人材を精霊歌士に取り込もうとする制度です。ムーサ音楽院の本学生の方々と予備学生を単純に比較《ひかく》すること自体、制度趣旨《しゅし》に反する考え方だと思いますが」

我慢《がまん》できずに立ち上がったメロウに、ラヴィが耳を下げて項垂《うなだ》れる。カーチスがちらとメロウを眇《すが》め見た。

「えっ、え……あ、あの」

「成る程、一理ある。ではそういう貴方は何故、精霊歌士になろうと？　精霊歌士のバッジを闇《やみ》取引に出して大富豪《だいふごう》にでもなるおつもりですか」

「先生達のように精霊歌士だから、精霊歌を歌える能力が高いからと、人を平気で見下したり見捨てたりする人間に我慢がならないからです。精霊歌士は人より優位に立つためだけに存在するのだと、勘違《かんちが》いしてらっしゃるようなので」

嫌味を込めて言い返してやると、カーチスが黙《だま》り込んだ。気まずい沈黙《ちんもく》が講堂に広がる。

「カーチス相手になかなか言うじゃないか」

単調な拍手《はくしゅ》が講堂に響いた。講堂の入り口に背を預けて、白衣を着た人物がメロウを見ながら手を鳴らしている。カーチスがそれを冷たく一瞥《いちべつ》した。

「遅刻《ちこく》です。エルダ・ノーブル先生」

「遅刻はしてないさ、君の時計が五分ほど早いんじゃないかい」

エルダと呼ばれた教師が教壇に上がる。

白衣を着ているせいか、黒ずくめのカーチスと対照的に見える。女性なのだろうが、中性的な面差《おもざ》しと低めに響く声色《こわいろ》のせいで、一目で性別が判別できない。

「私の時計は一秒たりとも狂《くる》ってませんが？」

「精霊歌の能力が高い者がそうでない者を見捨てるのは許せない。君にそう言われては女王を敬愛するカーチスも反論できまいよ、メロウ・マーメイドル」

メロウの背後で、動揺《どうよう》がさざ波のように広がるのを感じた。エルダは反応を楽しむかのようにメロウを見据《みす》えている。拳《こぶし》を握《にぎ》って、メロウはその視線に真っ向から立ち向かった。

眉間《みけん》に皺《しわ》を刻んだカーチスが、メロウに指示を出す。

「──座りなさい」

メロウは音を立てて、椅子《いす》に腰《こし》を落とす。背後から切れ切れにささやきが聞こえた。

──マーメイドルって、マーメイドル子爵《ししゃく》家？　じゃああの子、ひょっとして。

「静かに。私は一切《いっさい》生徒の素性《すじょう》を考慮《こうりょ》に入れません──あの女王の娘でもです」

皆の疑問に答えたも同然の遠回しな言い方が、余計に勘に障った。力を込めて睨《にら》んだが、カーチスはメロウを見向きもしない。エルダの方が鼻白んで、口を挟《はさ》む。

「本物の女王の娘だぞ？　君が気にしないと？」

「当然です。そう女王が望んでおられる。仕事をする気がないなら黙ってもらえませんか」

「自己紹介《しょうかい》する気はあるさ。私はエルダ・ノーブル。君たちの副担任だ」

エルダが黒板に大きく自分の名前を書く。チョークから落ちる白い粉を防ぐための白衣なのだと、メロウは肩を払《はら》うエルダの仕草で気付いた。

「この嫌味眼鏡と違《ちが》って、私は精霊庁から派遣《はけん》されて教師を兼任《けんにん》している。本職は精霊歌士狩《が》りの精霊歌士監察《かんさつ》官。精霊との契約《けいやく》を強制解除するムーサの五線譜《ごせんふ》も歌える」

カーチスとは違う意味で、エルダに向かう皆の視線が怯《ひる》んだ。

精霊庁とは精霊、精霊歌、精霊歌士に纏《まつ》わる全《すべ》てを取り扱《あつか》う特殊《とくしゅ》行政機関だ。そして精霊歌士監察官は、精霊歌についての不正や違法行為《いほうこうい》を取り締《し》まる捜査《そうさ》権限を精霊庁から付与《ふよ》された特別な精霊歌士——精霊歌士達を守るために、精霊歌の能力を狩《か》ることを許された官吏《かんり》だ。

「私の見聞きしたことは全て精霊庁に報告がいく。悪さはしないことだよ、精霊庁に睨まれれば折角《せっかく》の精霊歌の能力が人生ごと台無しになるからね。二年間、契約精霊を堕《お》とすことなく、健《すこ》やかに君達が成長してくれることを願ってる」

戯《おど》け半分に脅《おど》しているエルダの横で、カーチスが咳払《せきばら》いをした。

「——話を戻《もど》しましょう。私が貴方達を身の程《ほど》を弁《わきま》えないクズだと言った理由は、もうお分かり頂けましたね？　分からない者は出て行くように。厳しい道程だと分かった上でここに残って頂きたいのですよ、私は」

出て行く学生はいなかった。当然だと思いながら、メロウも座り続けた。リーリも座っているだろうかと、メロウは横を見る。

リーリは座っていた。だが、メロウの視線に気付いて、さっとメロウから目を逸《そ》らす。

（あ……）

指先がゆっくりと冷えた。メロウの膝《ひざ》に飛び降りたラヴィが、なだめるようにぽんぽんとその手を叩《たた》く。

「誰《だれ》も出て行きませんか」

「そりゃそうだろうね。予備学生の制度は女王が作った夢見る制度だ」

エルダを無視して、カーチスは持っていた資料で教卓《きょうたく》を軽く叩く。

「では、今後に当たって何か質問は？」

幾人からか手が挙がった。適当にカーチスが生徒を指名していく。

「優秀《ゆうしゅう》な成績を収めることで、精霊《せいれい》歌士予備認定《にんてい》試験に加算点はありますか？」

「ありません。ですが職業実績を含《ふく》めた予備学生時の成績は、貴方達の誰かが精霊歌士になった後に、非常に大きく人生を左右するでしょう。認定試験にさえ合格できればいいなどと甘い事は考えないように」

「精霊歌士見習いや準精霊歌士の職業実績は成績にどう評価されるんでしょうか」

「成績評価は課題と定期試験のみです。ですが、私は貴方達の勤め先や営業許可の内容を知っていますし、定期的に報告を受けます。職場での素行が問題で除籍《じょせき》した予備学生もいました。逆に素晴《すば》らしい働きを見せた予備学生を、ムーサ音楽院自ら本学生として学期途中《とちゅう》から推薦《すいせん》入学させたこともあります。そういう評価対象だと考えなさい」

カーチスの話に、講堂内は色めき立った。自分を不合格にした学院が、是非《ぜひ》にとやってくる
――ある意味、最高の待遇《たいぐう》だ。

「ここは優秀な精霊歌士を輩出《はいしゅつ》するための都市であり、ムーサ音楽院を中心に全てが回っています。その点については皆《みな》さんもよく自覚しておくように。では、解散」

きっちり秒針が十二を示したところで、カーチスは話を切り上げた。この調子で授業が進むとしたら、かなりの進行速度になるだろう。予習と復習は必須《ひっす》だと感じながら、メロウは机の上の資料を手早くまとめる。

その耳に、聞こえよがしな会話が飛び込んできた。

——本物の女王の娘がなんで予備学生？　ムーサ音楽院に落ちるとかありえる？

——才能ないんだって有名だよ。女王は優秀な子供なら『女王の子供達』として城に集めて養育するだろ。『女、王、の、子、供、達、』じゃないけど女、王、の、娘、だなんて、皮肉だよな。

ぎゅっとメロウは資料を胸に抱《だ》く。その横で、リーリが荷物をかき集め、立ち上がった。

「じゃ、じゃあ」

そう言ったきり、リーリは目を合わさないまま走り去った。メロウが肩を落とすと、膝の上から長机にラヴィが飛び移った。

「あんな目立ち方するからだよ。初っぱなから教師に刃向《はむ》かうとかさ」

「覚悟《かくご》の上よ、後悔《こうかい》してない。……それに、友達ができないのはいつものことだもの」

「……。でも、すぐに態度変えるような人間とは最初から友達にならない方がいいね」

「君の契約精霊《けいやくせいれい》はなかなか手厳しい。誰だって厄介事《やっかいごと》には関《かか》わりたくないものだろうに」

メロウが俯《うつむ》けた顔を上げ、ラヴィが振《ふ》り向《む》く。薄笑《うすわら》いを浮《う》かべたエルダが教壇《きょうだん》を下りて、こちらに来た。そして不躾《ぶしつけ》に、メロウの顔を覗《のぞ》き込む。

「よく似てる。女王と血が繋《つな》がっているのは、本当なようだ」

「……私は女王の顔なんて見た事がないので、分かりません」

「実の母親だってのに随分刺々《ずいぶんとげとげ》しい態度だ。まあ分からないでもないよ、私もあの女はいけ好かない。かといって既得権《きとく》にしがみつくだけの無能な反女王派になる気もないけれど」

　そう言ってメロウから顔を離《はな》したエルダは、白衣の内ポケットから煙草《たばこ》を取り出した。顔を顰《しか》めたメロウを気にせず、その煙草に火を点《つ》けて、煙《けむり》を吐《は》き出す。ラヴィが嫌《いや》な顔をして、鞄《かばん》に中に引っ込んだ。

「喉《のど》に害はない煙草だ、心配しなくていい。――君はどう思ってるのかな、女王を」

「……仰《おっしゃ》ってる意味がよく分かりませんし、答える必要性も感じません」

「いい態度だ。でも私は君が女王の娘だからと特別扱いする気はないよ？」

「そんなこと元から頼《たの》んでません」

　笑ったエルダに煙草の煙を吹《ふ》きかけられそうになり、メロウは後退《あとずさ》った。金髪《きんぱつ》の前髪《まえがみ》の間から瞳《ひとみ》を光らせ、エルダは端的《たんてき》に尋《たず》ねる。

「じゃあ特別扱いせずに聞こうか。君が申請《しんせい》した営業許可の内容は正気かい？」

　失礼な物言いに、メロウはむっとして強く言い返す。

「正気です」

「何か企《たくら》んでるわけではなく？　あれで生活していけるとは思えないんだが」

「その店の準備がありますので、これで失礼します。こうやって先生に個人的にご指導頂けるのは有り難《がた》いですが、それで特別扱いされていると言われるのも不本意ですから」

エルダが目を瞬《まばた》く。そして笑って、煙草を口に含み直した。メロウはラヴィと今日の資料が入った鞄を持って、エルダの前から踵《きびす》を返す。

廊下《ろうか》に出たメロウの姿を見て、他《ほか》の生徒達が道を空ける。メロウはブーツの踵《かかと》の鳴る音が均等になるように、平静を保って歩き続けた。

「——何なの、あれ。どうなってるの予備学院の教師って」

古くさい予備学院の校舎を出たところで、やっと苛立《いらだ》ちが声になった。ラヴィが鞄の中から器用にメロウの肩《かた》へと移動した。

「いちいち気にしたら負けだってメロウ。覚悟の上なんだろ」

赤い小さな目に、不安そうなメロウの顔が映っていた。メロウは首を振って、気を取り直す。

「——分かってる。そう、慣れっこだから」

「そうそう。そんなことよりボク、おなかすいた。さっさと家に帰ってお昼にしようよ」

ふんぞり返ったラヴィに、メロウは苦笑《くしよう》する。歩調が先程より軽くなった。

お気に入りのブーツの靴紐《くつひも》を揺《ゆ》らして坂道を下り始めたメロウに、ラヴィが尋ねる。

「そういえばボク、まだメロウが何のお店やるか聞いてないんだけど」

「野菜屋」

簡潔に答えたメロウに、ラヴィが小さな目を限界まで見開いた。

「……正気？」

「失礼ね、ラヴィまで。だって私は野菜しか作れないんだから、それしかないじゃない」

「ちょっと待って考え直すべきだよ！　今時、精霊歌で作る野菜なんか売れないの、知ってるだろ⁉」

「でも、朝市を見てみたけど野菜屋は繁盛《はんじょう》してたわ」

「それは精霊歌士の作った野菜じゃないよ、絶対に！」

周囲が振り向くほど大声で叫《さけ》んだ後で、ラヴィは長い耳と一緒《いっしょ》に頭を抱《かか》え込んだ。

第二楽章

『ムーサ音楽院男子寮に、なれの果て』

　新聞の見出《みだ》しには、大きくそう書かれていた。

　メロウは台所の作業机に買い出しした荷物を置いて、記事にざっと目を通す。

　呪いの種を芽吹《めぶ》かせなれの果てを生育することは、毒を撒《ま》く無差別殺人と同じだ。しかも精霊歌士を育てるムーサ音楽院内部で事件が発生したため、反女王派の犯行が懸念《けねん》されている。

　一方で、ムーサ音楽院の危機管理に対する追及《ついきゅう》も厳しい。数年前、学長に指名された人物が就任を拒絶《きょぜつ》して以来、ムーサ音楽院は学長が不在のままだ。それを理由に責任を明確にしない学長代理の釈明《しゃくめい》が火に油を注いでいる。

　ムーサ音楽院の学長は市長も兼任《けんにん》する。学長の就任か再選定を望む市民の声で、記事は締《し》め括《くく》られていた。

（入学式で挨拶《あいさつ》してた人、学長代理だったんだ……不謹慎だけど、この事件があったからエイディのことは騒《さわ》ぎになってないんだわ）

　メロウは新聞をテーブルの上で畳《たた》み直した。その新聞をラヴィが踏《ふ》んづける。

「メロウ、おなかすいたってば。ボク、昨日から作り置きの野菜しか食べてないし」

「はいはい、すぐ作るから。……ところであの二人、どこ行ったんだろう」

台所の流しに重ねてある朝食の食器を見ながら、メロウは呟《つぶや》く。

隅《すみ》にはメロウが実家から宅配で出した荷物も置いてあった。受け取ってくれたお礼と昼食の確認《かくにん》に二階へ上がったが、メロウの部屋の真向かいと決まったエイディの部屋は、もぬけの殻《から》だったのだ。

「いいじゃんあんなヤツら、どうでも」

「そうはいかないでしょ。約束だし、現金も全部預かっちゃったし……」

現金に手をつけるつもりはないが、メロウはもうエイディの生活を管理する覚悟を決めていた。あれを相手に、どうして自分がとか、考えるだけ時間の無駄《むだ》だ。

食器に食べ残しがあるのも気になる。ちゃんと食事をさせなければと思いながら、メロウは宅配便の荷解《にほど》きを始めた。自分で縫《ぬ》った園芸用のエプロン、小さなスコップと植物の種が入った袋《ふくろ》はすぐに取り出せた。メロウはエプロンを手早く身につけながら、ラヴィに尋ねる。

「ニンジンでいい？」

「プチトマトとレタスも。後、カボチャ」

「ますますおしりが大きくなっちゃったりして」

ラヴィは目を泳がせたが、すぐすまし顔で誤魔化《ごまか》す。笑ったメロウはラヴィの望み通り、ニンジンとプチトマト、レタス、カボチャの種をエプロンのポケットに入れた。

スコップと水の入った桶《おけ》を持って、動きが鈍《にぶ》い裏口の扉《とびら》を身体《からだ》全体で押し開く。ざあっと潮風と一緒に、むき出しの乾《かわ》いた大地がメロウの目に飛び込んできた。

裏庭と言うより空き地だ。家が建っている部分の五倍以上の広さがある。ムーサ学園都市でこれだけ広い土地を無料で貸し出せるとは、さすがヒトライツ家というところだろう。

だが、ひびの入った土は砂のように薄《うす》く、重みがない。何一つ彩《いろど》るものが存在しない枯《か》れ切った土地というものを、メロウは久し振《ぶ》りに目の当《ま》たりにした。

「……結構、ひどいわ。何年くらい放置されてたのかしら……」

土の具合を触《さわ》って確認したメロウの後ろで、ラヴィが鼻をひくつかせた。

「潮風も吹いてるからね。日当たりはいいけど、すっごいハズレ土地じゃない？」

「家もああだしね」

そう言って、メロウは背後に立つ自分の家を見上げる。二階の抜《ぬ》けた床《ゆか》も屋根も、物置にあった廃材《はいざい》と布で応急処置がしてあるだけだ。

「でも大丈夫《だいじょうぶ》。野菜ならまかせて。美味《おい》しいの作ってあげるから」

「野菜だけはね」

嫌味《いやみ》っぽくラヴィは繰《く》り返した。

とりあえず今日は、ラヴィの分を確保できればいい。

メロウは日の当たる一画を、桶の水で湿《しめ》らせた。色が変わった土をスコップで軽く耕し、エプロンのポケットから種を蒔《ま》く。その後に土を被《かぶ》せて、桶に残った水をもう一度撒く。きらきらと、太陽の光に水滴《すいてき》が舞《ま》い散った。

「よしっと」

とことこと歩み寄ったラヴィが、メロウの足元で尋《たず》ねた。

「何、歌うの」

植物を実らせる歌を『精霊歌《せいれいか》』と呼ぶが、そういう旋律《せんりつ》と詩で構成された特別な歌が存在するわけではない。植物を実らせることができる人間の歌を、総称《そうしょう》してそう呼ぶのだ。

「何にしようかな。──そうだ、入学式に聞いた歌はどう？　私、あの歌知ってるの」

「あの駄目《だめ》男と張り合うつもり？　……ほんと、負けず嫌《ぎら》い」

呆《あき》れたラヴィに答えず、メロウは何も生まない土を静かに見つめる。

契約《けいやく》精霊がいるというのは、精霊歌を歌う能力があるという証明だ。一方で、植物を実らせる量も種類も品質も、歌う人間の資質、歌唱力にかかっていると言われている。

野菜しか作れない原因は、メロウ個人の能力によるところが大きい。

メロウは深緑に透《す》き通った瞳《ひとみ》を伏《ふ》せ、大きく息を吸い込んだ。

青い空にメロウの歌声が響《ひび》き渡《わた》る。

潮風がスカートと白いエプロンをふわりとふくらませた。髪《かみ》が淡《あわ》く、光を撒いて揺れる。

地面から小さな緑の芽が顔を出す。歌に合わせて、次から次へと二葉が開いていく。

裏庭の横にある小さな通りから、帽子《ぼうし》を被《かぶ》った買い物帰りの婦人が口を開けてその様子を見つめていた。声を上げながら追いかけっこをしていた子供の集団も、芽吹く地面に釘付《くぎづ》けになっている。

エイディが入学式で歌ったのは、どこにでもある恋の歌だ。

雪が溶《と》けた後の、春の再会を告げる歌。――それだけで、世界の色は変わる。

約束した。今度こそ君を守るために、僕は。今度こそ間違《まちが》えないために、私は。

(目を覚まして、実って。大丈夫、私は、貴方達《あなた》をいらないなんて言わない)

物言わぬ植物に、素直《すなお》に願う。それが精霊歌だ。

心に応《こた》えて、実りが返る。

そうっとメロウは目を開いた。乾燥《かんそう》した大地の一画にだけ、緑が鮮《あざ》やかに芽生え、実をつけていく姿に口元が綻《ほころ》ぶ。

(そう、その調子――頑張《がんば》って)

ふと、耳が自分以外の歌声を捉《とら》えた。唇《くちびる》から歌を紡《つむ》ぎながら、メロウは重なる旋律に眉根《まゆね》を寄せる。

遠くから響いてくる歌声は、力強くて優《やさ》しい。じんと身体を芯《しん》から潤《うるお》す、抗《あらが》いがたい誘惑《ゆうわく》を持つ歌。ずっと耳《みみ》を傾《かたむ》けていたくなる――。


「――エイディ！」

怒鳴《どな》った時にはもう遅《おそ》かった。精霊歌は植物の栄養分だ。制御《せいぎょ》を失えばおかしくなる。

ニンジンが鈍器《どんき》にできるくらいに膨《ふく》らみ、プチトマトがスイカのように熟《う》れる。レタスは両手で抱《かか》えられないほど大きくなった。中でもメロウがおののいたのはカボチャの成長だ。

ぶくぶく膨れ上がったカボチャはメロウの身長を追い越し、馬車にできそうな大きさででんと鎮座《ちんざ》した。

「――こんなにボク、食べられないんだけど」

カボチャを見上げながらラヴィが呟いた。

ふと、通りがかりの婦人とメロウの目が合った。日よけの帽子の下で婦人は頬《ほお》を引きつらせ、急ぎ足に去って行く。ずっと静かだった子供達が一斉《いっせい》に声を上げた。

「化け物かぼちゃだ！」

「ヘンテコ野菜だ！　へんなのー」

「失敗したー！　へったくそー！」

かっとメロウの頬が赤く染まったのを見て、勘のいい子供達は一斉に奇声《きせい》と笑い声を上げて逃《に》げて行く。

子供達を怒鳴りつけることもできず、メロウは歌声がした方向へと踵《きびす》を返した。乾いた地面の砂を抉《えぐ》るほど力を込めて踏み付け、家の角《かく》に隠れた物置小屋へ向かう。

小走りでラヴィもその後を追ってきた。

「エイディっ」

「——んあ？」

寝惚《ねぼ》けた声が返ってきた。勢いよく乗り込んだメロウはエイディの姿と一緒《いっしょ》に見つけたものに、出鼻《でばな》を挫《くじ》かれる。

それは緑に萌《も》える大きな木と、芝生《しばふ》だった。

丸太でできた物置小屋の前に、しっかりと若葉をつけた木と柔《やわ》らかい芝が萌えていた。柵《さく》を挟《はさ》んで海が見えるそこだけ、別世界のようだ。木の根元でミミが日光浴を楽しんでいる。

ミミを横に置いて昼寝《ひるね》をしていたらしいエイディが、ゆっくり起き上がる。

「どうした？」

「どっ——どうした、じゃないわ」

頬を引きつらせながら、メロウは苦情を捻《ひね》り出す。

「歌うなら歌うって言って。野菜がおかしなことになっちゃったじゃない」

「ああ……ごめん、つられちゃって。いいな、メロウの声。すっごく眠《ねむ》くなる……」

「……。それ、褒《ほ》めてるの？」

「でも、何でそうなるんだ？　何か邪魔《じゃま》してるよな。何だろ」

聞き返そうとしたメロウを、エイディの視線が絡《から》めとった。人の中身を探《さぐ》るようなエイディの視線に胸がざわついて、メロウは風に揺《ゆ》れる木に顔を背《そむ》ける。

「そ、それよりこれ、樫《かし》の木でしょう。最初からここにあったのを育てたの？」

「一から俺が作った。そこの物置小屋に枯れかけの苗木《なえぎ》が残ってたんだ。昼寝する場所に丁度いいと思って……面倒《めんどう》は俺がみるし、これくらい、いいよな？」

「いい、けど……」

精霊歌で枯れた木を育て直すのは、かなりの労力が必要だ。精霊歌士でも、何度も歌を重ね日数をかけなければ育てられないと聞いている。

（それをこんな立派な木にして、芝生も、こんなに簡単に……）

さわさわと葉をゆらす樹木に触《ふ》れてみた。穏《おだ》やかなぬくもりが、手の平に伝わる。

「俺が入学式で歌った歌、メロウも好きなんだ？」

「えっ……そ、そうなの。素敵《すてき》よね」

エイディへのささやかな対抗《たいこう》心で歌を選んだメロウは、気まずさに作り笑いを浮かべる。聞かれているとは思わなかった。今度は真面目《まじめ》に練習しておこうと、密《ひそ》かに誓《ちか》う。

白けた顔をしたラヴィに無言で責められ、メロウは焦《あせ》って話題を変えた。

「そ、そう！　宅配便、受け取ってくれて有り難《がと》う」

「宅配便？」

エイディが首を傾《かし》げた。ミミが、芝生に伏せていた顔を上げる。

「私だ」

「……そう。うん、受け取りのサインはどうしたのかとか、聞かない……」

「ほんっと役立たずな男だなお前……」

「あー……今日はあったかくて眠いなー……」

辛辣《しんらつ》なラヴィの物言いも無視して、エイディは空に向かって伸《の》びをし、そのまま草の上に寝《ね》転《ころ》がった。メロウはふと不安になる。

「エイディ、まだ自分の部屋を掃除《そうじ》してなかったでしょう？　荷物の整理も」

「掃除のやり方なんか分かんないし、俺。それに寝《ね》られるならここでいい」

メロウは眉尻《まゆじり》を吊《つ》り上げる。

「駄目でしょそんなの、風邪《かぜ》ひいたらどうするの。ちょっと起きて、私も掃除手伝うからっ」

「えぇーいいよ俺、ここで……もう十分あったかい……春って素晴《すば》らしい……」

「お願い、ちゃんと人らしい生活をして！」

愚図《ぐず》るエイディの腕《うで》を引っ張って立たせ、メロウは歩き出す。そして角を曲がった所で、巨《きょ》大《だい》なカボチャの影《かげ》にぎょっと足を止めた。エイディも化け物のような野菜達の姿に驚《おどろ》いたのか、ぽかんと口を開けてから呟《つぶや》く。

「──どうやって切るんだ？　このカボチャ」

眉間《みけん》に力を込め、メロウは唸《うな》るように呟く。

「──考える。考えるから」

「これさー目と口開けて、家の前に置いたらすっごく面白《おもしろ》くないか？　やってみたい」

「だっ駄目《だめ》よそんなことしたらご近所に何て思われるか……！」

必死でエイディを止めるメロウからやや距離《きょり》を取った場所では、ラヴィとミミが同時に溜《た》め息を吐《つ》き、お互《たが》いびっくりして顔を見合わせていた。


「野菜屋ぁ？」

ナイフで器用に切り取ったハムを皿に分けながら、エイディは素《す》っ頓狂《とんきょう》な声を上げる。

まだ付き合いは二日目だが、エイディが驚くのは珍《めずら》しいに違《ちが》いない。メロウは少しだけ得意になって答える。

「そう、野菜屋を開くの」

「でも──よりによって野菜屋って」

「野菜は売れないって言いたいんでしょう？　野菜は大量生産と格安提供に成功したから」

メロウがまだ五歳くらいの頃《ころ》、生の歌声でなければならない精霊《せいれい》歌の原則を引っ繰《く》り返す技術が開発された。野菜のみだが、録音された精霊歌での収穫《しゅうかく》に成功したのだ。

どういう仕組みで野菜が育てられているのか、詳細《しょうさい》は全《すべ》て国家機密だ。その野菜を作っている畑の場所さえ、明かされていない。

この開発は国の食生活を変え、精霊歌士の育てる野菜の価値を下落させた。

精霊歌を歌えるといっても所詮《しょせん》は人間だ。体調や感情に左右されて野菜の出来も収穫量も変わる。一方、開発された技術は機械的に野菜が収穫できるため、安定した供給と大量生産が可能になり、野菜全体が安価で市場に出回るようになった。すると精霊歌士の作る野菜が、高値《たかね》すぎて売れなくなってしまったのだ。

「ボクは止めたよ」

鉈《なた》と斧《おの》を持ち出して分解したカボチャの欠片《かけら》を、ラヴィが齧《かじ》る。エイディにハムを分けてもらうのを皿の前で行儀《ぎょうぎ》良く待っていたミミが、口を挟んだ。

「だが先程《さきほど》のような巨大野菜であれば、インパクトはあるのではないか」

「収穫は殺人現場みたいになってたけどね。見てる人いたし、間《ま》違《ちが》いなく噂《うわさ》になるよ」

ラヴィの嫌《いや》な予知にメロウは大きなボウルからサラダを小皿に取り分ける手を止めた。

ラヴィの言う通り、巨大すぎるプチトマトの切り込みに失敗し、赤い中身を潰《つぶ》してぶちまけてしまった。真っ赤に染まった地面と、赤い汁《しる》を全身に浴びて鉈を持っているメロウの姿を目《もく》撃《げき》した仕事帰りの男性は、一目散に逃げていった。

「……あれは事故よ。もう二度と同じ過《あやま》ちは繰り返さないから、大丈夫《だいじょうぶ》」

決意を込めてメロウは木製の大きなフォークで、ボウルの中のサラダをがしとかき混ぜた。中身は今日失敗した野菜類を無造作に詰め込み、何とか食べられそうな部分をトマト和《あ》えにした。カボチャは煮込《にこ》んでスープにした。食べ物を粗末《そまつ》にはできない。

「それにしたって何でよりによって野菜屋……何か理由があるのか？」

バスケットに並べてあるパンに手を伸ばすエイディの鋭《するど》い一言に、メロウは内心ひやりとする。だがあくまで平然を装って答えた。

「野菜を作るのが得意だから」

「……ふぅん……」

パンをちぎったエイディが半眼になる。メロウは素知らぬ顔でサラダを皿に分け始めた。

(野菜しか作れないなんて、わざわざ言わなくてもいいことよね)

精霊歌を歌う者に得手不得手があるのは当たり前だが、それだけしか作れないというのは珍しい。野菜しか作れないことでエイディに面白がられるのも同情されるのも嫌だ。

「それより晩ご飯はどう？　こんな感じで良かったかしら」

「ん？　ああ、俺はこれで十分。な、ミミ」

「うむ、どの野菜も美味だ」

ミミの褒め言葉にメロウは喜色を浮かべる。

「そうでしょう？　私、野菜には自信があるの」

「夕飯を用意してもらっといて文句言う方が恥知《はじし》らずだよ」

「もうラヴィ！　どうしてそういう言い方ばっかりするの」

「ラヴィ殿のはっきりした物言いを私は尊敬している」

「……尊敬……」

　ミミの発言に気まずそうな顔をしたラヴィは、黙《だま》って自分の食事を再開した。静かになった食卓《しょくたく》からメロウは居間へと目を向ける。

　台所と続きになっている居間は、生活感が溢《あふ》れる空間に様変わりしていた。床《ゆか》はぴかぴかに磨き上げられたし、ソファも埃《ほこり》を叩《はた》き出してクッションを置いた。店舗《てんぽ》部分は手つかずで、剝《は》げた屋根も抜けた天井《てんじょう》も応急処置のままだが、生活するには問題がない程度まで片付けられている。メロウの部屋ももう少しで整理が終わる。

(でも、侯爵《こうしゃく》家の三男からいかにも庶民《しょみん》って生活に何の文句も出ないのは意外かも……)

　フォークの使い方もハムを切り取る手際《てぎわ》も、上流階級の人間らしく洗練されている。なのにエイディは何の抵抗《ていこう》もなく庶民の食卓に馴染《なじ》んでいた。トマト和えのサラダが乗った小皿をエイディの前に置いて、メロウは尋《たず》ねてみる。

「……飲み物にワインとかいる人？」

「水でいいよ。でも牛乳あれば嬉《うれ》しいかなあ、よく眠《ねむ》れるんだ」

「……寝る以外に考えることないの？」

呆《あき》れたメロウにエイディは答えず、欠伸《あくび》を嚙《か》み殺している。

今日一日メロウがエイディを見ていて分かったのは、彼が怠惰《たいだ》であると同時に器用でもあるということだった。放っておくとひたすら寝ようとするが、メロウが少し手本を見せただけで要領を飲み込み、ブラシとモップを使って綺麗《きれい》に掃除してくれた。家具や重い荷物の移動は、エイディがいなければもっと時間がかかっただろう。

「……でも、今日は色々、手伝ってくれて有《あ》り難《がと》う」

「ああ、君の言うこときいてりゃいいだけだったし……駄目だ俺、もう眠い……」

「またそれ……でも、私も疲《つか》れた。昨日から手続きに説明会に、大掃除《おおそうじ》」

肩《かた》を落としたメロウは、自然に下がった視線の先で、エイディがサラダの皿をそっとミミの前に置いていることに気付いた。

「……」

「とりあえず俺、夕飯食べたら今度こそ寝てもいいかな？」

「――エイディ。貴方《あなた》、ひょっとして野菜が嫌《きら》いなの？」

よく見ればカボチャのスープを注いだ皿も二枚、空になってミミの前にある。思い起こしてみると、朝食の食べ残しも全て野菜だった。

半眼になったメロウに、エイディが今までで一番真剣《しんけん》な顔で、きっぱりと断言した。

「ああ。俺は野菜は食べない」

「ど、どうして？」

「子供の頃トマト食べて吐いた」

メロウは眉《まゆ》を顰《ひそ》めて言い返す。

「……でも、スープはカボチャだし、原形もないでしょう？」

「トマトだけじゃない。カボチャだってニンジンだってピーマンだって俺は全部吐いた」

エイディが暗い表情で告げる。食事をする手を止めたメロウは、言い方を変えた。

「その……自慢《じまん》じゃないけど、私の野菜はおいしいと思うの。だから」

「野菜がまずいんだ、君は悪くない」

メロウは話にならないエイディからミミに矛先《ほこさき》を変える。

「ミミ。代わりに食べてあげてたら、エイディの好き嫌いが直らないでしょう？」

「エイディの野菜嫌いは筋金入りでな……メロウ殿に申し訳が立たないと思い、つい……」

ミミはエイディの我が儘《まま》を許容しているのではなく、メロウの心情を慮《おもんぱか》ってエイディが押しつけるものを黙って処理していたらしい。

その気遣《きづか》いは有り難《がた》いが、問題解決にならない。メロウは真正面からエイディに提案した。

「一口でいいから食べてみて」

メロウから全く目を逸《そ》らさずに、エイディはただ黙って首を横に振った。

メロウの眉間《みけん》の皺《しわ》がますます深くなる。

「好き嫌いなんて、子供がすることよ？」

「野菜を食べるくらいなら俺は大人になんかならない」

「馬鹿《ばか》なこと言わないで。貴方、大人にならずにどうするの」

他人事《ひとごと》ながらメロウは声を荒《あら》げてしまった。エイディはへらっと笑い返す。

「何とかなるんじゃないか？　君、頼《たよ》りになりそうだし」

大人になるまで寄生する気か。ぶちっとメロウの中で何かが弾《はじ》けた。

（この男、典型的な駄目《だめ》男なんじゃないの……⁉）

そうではないかと思っていたがここにきて確信した。こんな男があのムーサ音楽院の首席入学生だったなんて、世も末だ。

そうと分かれば遠慮《えんりょ》はいらないと、メロウは強く切り出した。

「食べなさい」

「嫌だ」

「これからうちは野菜屋になるの。なのに野菜嫌いなんて認められないわ」

「それとこれとは関係ないし、野菜屋なんか絶対長く続かない」

「……何が言いたいの？」

不穏《ふおん》な空気を纏《まと》わせるメロウにかまわず、エイディは堂々と言い切る。

「野菜はまずいから売れないんだ、俺には分かる。やめといた方がいい、野菜屋なんて」

「……まぁボクも野菜屋が無謀《むぼう》だっていう点には同意するよ」

砕《くだ》いたニンジンの欠片《かけら》をもぐもぐ嚙みながら、ラヴィまで薄情《はくじょう》なことを言った。ミミは無言だったが、メロウを庇《かば》う様子もない。

メロウはテーブルの上で拳《こぶし》を作る。

「やってみなきゃ分からないじゃない」

「やってみなくても分かる」

「ああそう！　ならいいわ、絶対に成功させてみせるんだから——そうなってから野菜を食べさせてくれって言っても絶対に食べさせてあげないんだから！」

子供っぽい宣言をしたメロウに、エイディは憐憫《れんびん》の眼差《まなざ》しを向ける。メロウはそれを見なかったことにして、ぐちゃぐちゃのサラダにフォークを突《つ》き刺《さ》した。

飾《かざ》り窓に映った人影《ひとかげ》を、メロウは目で追いかける。人影は歩調を緩《ゆる》めたように見えた——が、そのまま店の前を通り過ぎてしまった。

「今日もお客さん、こないね」

溜《た》め息を吐《つ》いたメロウの横で、カウンターに座っているラヴィが小さく呟《つぶや》いた。しんとした店にその呟きは無駄《むだ》に大きく、そして重く響《ひび》く。

「……もう開店して二週間たったんだから、開店が知られてないってことはないわよね」

「まあ、そうだね」

「化け野菜が出るとかいう噂《うわさ》を立てられたから……それとも屋根のせい？」

「それぞれ大きな要因だとは思うけど、それだけじゃないと思うよ」

放っておくと下に落ちてしまう視線を、メロウは無理矢理《むりやり》ぐるりと店内へと巡《めぐ》らせた。

今朝《けさ》摘んだばかりのキャベツ、赤く熟《う》れたトマト、立派に育ったジャガイモ。どれも綺麗に磨き上げてカゴに入れ、商品棚に並べた。ショーウィンドウに飾ったのは自慢の野菜達だ。味にだって自信がある。

なのに売れない。店に入ってくるのは、冷やかしばかりだ。

ばたりと、樫《かし》でできた冷たいカウンターの上にメロウは顔を伏《ふ》せた。

「──実は私の野菜っておいしくないのかしら」

弱音が零《こぼ》れ出た。誰《だれ》の口にも入っていない状況《じょうきょう》なのだが、そう思わずにいられない。

（エイディのせいだわ）

細かく刻んでも野菜とみれば全《すべ》てよけるエイディを思い出し、メロウは頭の中で八つ当たりする。

メロウから漏《も》れた頼りない声に、ラヴィが近寄った。カウンターに頬《ほお》を寄せて目だけを上げたメロウに、ふわふわの綿毛みたいな身体《からだ》を寄り添《そ》わせて、本当に小さく呟く。

「――メロウの野菜が悪いんじゃないよ」

「慰《なぐさ》めてくれて有り難うラヴィ……」

「っていうかメロウの考えが甘かったんだよ！　言ったじゃないか野菜は――」

照れ隠《かく》しに大きくなったラヴィの声を、お客の入りを報《しら》せるベルが遮《さえぎ》る。メロウは跳《と》び上がるようにカウンターの丸椅子《いす》から立ち上がった。

「い、いらっしゃいませっ」

「やはりこのザマですか」

黒スーツの姿が不運を呼び込む悪魔《あくま》に見える。だがメロウは、引きつりそうになる頬に無理矢理笑顔《えがお》を貼《は》り付けた。

「クレメン先生。何かご入り用ですか？」

「私は客ではありませんよ、残念ながら。貴方が価格統制を守っているかどうかの抜き打ち検査をかねた、職場訪問です。まあ、守っているからこのザマなんでしょうけれどね」

メロウは意地で愛想《あいそ》笑いを保ち続けた。ざっと店内を見回したカーチスは、胸ポケットから手帳を出して展示された野菜と値札を確認《かくにん》している。

「精霊《せいれい》歌で作った野菜を売る馬鹿なんて今時いませんからね。最低価格を調べるのも一苦労でしたよ、まったく。――値札は問題ないようですが、支払《しはら》いの際に値引きをして最低価格を下回るような真似《まね》はしていませんね？　価格統制違反《いはん》は理由の如何《いかん》を問わず精霊歌士法違反ですから、罰金の上、見習い資格は撤回、予備学生も除籍《じょせき》ですよ」

「違反行為《こうい》はしてません」

「そうでしょうね。していたらこのザマにはなってないでしょうから」

したり顔で二度頷くカーチスに、今すぐ出て行けと怒鳴りたくなるのをメロウは堪える。

精霊歌で作られる植物には、精霊歌士法という法律により全て価格統制がかかっている。最低価格を統一して、不当な価格競争から精霊歌士達を守るためだ。

だが、野菜は精霊歌で作られていないため、格安のものが大量に出回っている。安い野菜が大量に出回っているのに、高い野菜が売れるわけがないのだ。

「――最低価格以下で、野菜を売る方法はないんですか」

「脱法《だっぽう》行為を教えろと？」

「違《ちが》います！　その――私はもっと安くしたっていいんです。だから、何とかなりませんか」

メロウは野菜に最低価格をつけている。その値段でさえ、現在の市場価格の二倍以上だ。

全ての確認を終えたらしいカーチスが、手帳を閉じた。

「野菜については今の時代に合わない法律ですし議論の余地はあります。ですが決まりは決まり、何より貴方《あなた》はそれを承知で挑《いど》んだのでは？　今になって泣き言など、浅慮《せんりょ》にも程《ほど》がある」

「……」

「もう一つ、確認を。貴方、若い男と二人暮らしをしているというのは本当ですか。支援《しえん》不動産の申請書《しんせいしょ》には居住人は貴方と契約精霊《けいやくせいれい》のみしか明記してありませんでしたが」

ぎくりとメロウは肩《かた》を強張《こわば》らせる。今まさに、エイディは二階の自室で二度寝《にどね》している。

カーチスは眉《まゆ》だけを器用に動かし、眼鏡《めがね》の下からメロウを観察した。

「心当たりがおありのようだ」

「い、いえっ、いません！　若い男なんて、そんなのお父様が許さないですからっ！」

焦《あせ》ったせいで変になったメロウの言い訳に、カーチスが微妙《びみょう》な顔をした。ずっと黙《だま》ってやり取りを聞いていたラヴィが、さり気なく会話に加わる。

「メロウはファザコンだから若い男になんか興味ないよ。こんなザマでも冷やかしでお客さんがきたりしてたから、それを勘違《かんちが》いされたんじゃないの」

物凄《ものすご》い言いがかりだが、メロウは耐《た》えた。カーチスが溜め息を吐き、疑う視線を緩める。

「居住人について変更《へんこう》が出たならば変更届を出して頂く決まりですので、聞いたまでです。変更がないのなら構いません。店についても、これといった問題点は見当たりませんね」

「よ、良かったです」

「ではこれで失礼しますよ。課題は忘れず、講義も休まないように」

カーチスは踵《きびす》を返したが、ベルが鳴った所で再びメロウを振り向いた。

「そう、言い忘れていました。貴方には精霊歌士見習いとして営業許可が出ています、野菜以外を売ることになっても問題はありません。どこかへ働きに出るなら、報せるように」

できるものならそうしている。だが予備学生は精霊歌の能力を使って働かなければならず、精霊歌に関係のない仕事はできないのだ。野菜しか作れないメロウを精霊歌士見習いとして雇《やと》ってくれる所が、一体どこにあるというのか。

言葉を飲み込み、メロウはカーチスを入り口で見送る。カーチスは一度も振《ふ》り向かず、大通りにつながる坂を下りていった。

(価格統制があるのは分かってた。でも美味《おい》しい野菜ならきっとみんな、買ってくれるって)

まず買ってもらわなければ、おいしい野菜だと分かってもらえないのだ。だが、どうすればいいかは簡単には思い浮《う》かばない。

ポストから郵便物がはみ出していることに気付いたメロウは中身を取り、再び店に入った。

何故《なぜ》だか店内が先程より一層、ひっそりとして見えた。

「……全然野菜が売れなくても、請求書《せいきゅう》はくるのよね」

「それはそうだろうね」

カウンターで郵便物を溜め息混じりに確かめていたメロウは、不意に目を鋭《するど》くする。

「メロウ?」

ラヴィの前で、メロウは真っ白な封筒《ふうとう》に入った手紙を真ん中から二つに破った。

「……今日もどうせお客さんはこないんだろうし、店じまいして晩ご飯作ろうか、ラヴィ」

そのまま手紙を捨てたメロウに、ラヴィは何も言わない。メロウが捨てるだけの手紙の差出人を知っているからだ。

(こんな時に、最悪。お父様にも住所を報せてないのに——まさか母親面《づら》のつもり?)

奥歯を噛み締めたまま、メロウは閉店の準備をする。

女王の刻印で封緘《ふうかん》された封筒。柔《やわ》らかい女性の筆致。中にある手紙を、メロウは一度も読んだことはないし、これからも読むつもりはない。

ジャガイモを洗って脂を塗《ぬ》り、石窯のオーブンの中にいっぱいに敷き詰める。焼き上がったところで十字に切り目を入れ、熱々のうちにバターを添えて塩を振れば、ベイクドポテトの出来上がりだ。ニンジンはグラッセだ。砂糖と水をフライパンに入れ、照りがつくまでバターで熱する。キャベツやタマネギで甘みをたっぷり煮出《にだ》したコンソメスープも用意した。ゼラチンが余っていたので、トマトはゼリー状にしてレタスを添え、サラダにする。デザートにカボチャのパイも作った。

そんな野菜づくしの夕食に、エイディは二階から下りてくるなりおののいて、テーブルを凝《ぎょう》視《し》していた。ミミも三角形の耳を立てたまま固まっている。ラヴィはメロウが売り物の野菜を乱暴につかみ取って夕食の支度《したく》を始めてから、一言も喋《しゃべ》っていない。

「お……俺、何かしたか？」

「……。売れ残りの野菜で作ったの。たくさん残ったから」

「あ、ああ……そう……そう、なんだ……」

椅子に座ったまま微動《びどう》だにしないメロウを何度か見た後で、エイディは真向かいの席からそうっと立ち上がろうとした。

「……寝《ね》てばっかでまだ腹へってないんだ俺。だから、チーズとパンでいいっていうか……」

ぴくりとメロウの肩が、心が、震《ふる》えた。

「……私の野菜よりそっちの方が全然、いいわよね」

「えっ」

静かに呟《つぶや》いたメロウに、エイディが珍《めずら》しく動揺《どうよう》した声を上げた。ラヴィとミミが仲良くテーブルの下に隠れる。

「ちょっ何でお前ら隠れ……っ」

「分かってたのよ……野菜が売れないってことくらい」

「み、店が上手《うま》くいってないのか？　野菜じゃなくても、そうだ花屋とか」

「──作れないの」

「え？」

エイディが首を横に傾《かたむ》けた。

メロウはぎゅっと、テーブルの上の手で拳《こぶし》を作り、掠《かす》れた声で告白する。

「私、作れないの。野菜以外」

紺碧《こんぺき》の瞳《ひとみ》を見開いたエイディから顔を逸《そ》らし、メロウは唇《くちびる》を強く引き結んで惨《みじ》めさと涙《なみだ》を堪える。頑張《がんば》ると決めたのだ。分かっていたことで泣きたくないし、挫《くじ》けたくもない。

「つく——作れないって……野菜だけしか？　実がなる前の花は？」

「……花がつくところで歌うのをやめると、すぐ枯《か》れちゃうの。実はできるんだけど……」

「へー器用だなー。そんなやつ、いるんだ」

馬鹿《ばか》、というテーブルの下から出たラヴィの制止は手遅《ておく》れだった。

ぷつりと心のどこかが切れたメロウは、エイディに向かって涙目で叫《さけ》ぶ。

「いるでしょここに！　昔は作れたの、でも今は作れないの！　ムーサ音楽院だってそれで不合格よ。私だって、好きで野菜ばっかり作ってるんじゃない！」

後は言葉にならなかった。

両手で顔を覆《おお》ったメロウに、おろおろしたエイディが立ち上がって身を乗り出す。

「え、えっと……ごめん、メロウ。気にしなくていいと思う、俺は気にしないから」

「私は気にするわよ！　野菜しか作れないなんて、私、おかしいじゃない！」

「そ、そういう人間もいないと面白《おもしろ》くないじゃんか」

「慰《なぐさ》めてるのかトドメ刺《さ》してるのかどっちだよ馬鹿、しっかりしろ男だろ」

「そうだ男らしく慰めるのだエイディ」

テーブルの下に隠《かく》れながら好き勝手言う契約精霊達に、エイディが困った顔になった。

「ど、どうしたらいいんだ？」

「……。大丈夫《だいじょうぶ》……ごめんなさいエイディ、みんな。こんな、みっともない……」

ぐいとメロウは手の甲で涙を拭《ぬぐ》った。するとラヴィがテーブルの上に戻ってきた。

「メロウの野菜はおいしいよ。それはボク、保証する。だからまあ、あんまり思い詰めずにやりなよ。……野菜以外作れないのは、メロウだけのせいじゃないし」

「私もメロウ殿の野菜は美味であると思う。メロウ殿のおかげで、オオカミの私も野菜のおいしさを知った。メロウ殿の人柄《ひとがら》が出た、優《やさ》しい味だ」

テーブルの下からメロウの方に出たミミが、真剣《しんけん》な眼差《まなざ》しでメロウに教えてくれる。ほっと、メロウは肩の力が抜《ぬ》けるのを感じた。

その様子を複雑そうに見ていたエイディがぼそりと呟く。

「……お前達、卑怯《ひきょう》じゃないか？　俺だけ悪者みたいなんだけど」

「実際そうだよ、この穀潰《ごくつぶ》し。メロウは馬鹿だからお前の生活を支える責任も感じてるんだ」

「そうだ情けないぞエイディ、それでも男か。働くんだ、少しは」

何も言い返さず渋《しぶ》い顔をするエイディが少し可笑《おか》しくて、メロウは気を持ち直した。

「エイディは悪くない、何にも。お店が上手くいかないのは私の責任だから――エイディ、私、貴方《あなた》に謝らなくちゃ。心配してくれたのに八つ当たりしちゃった、ごめんなさい」

落ち着いて椅子《いす》に座り直したメロウは、エイディをまっすぐに見据《みす》えた。

「騙《だま》すつもりはなかったんだけど、私、野菜だけしか作れないの。また全部作れるようになるって信じてるけど、現実は現実。このままじゃお店は潰《つぶ》れるし、予備学生の定期試験に落ちて除籍《じょせき》処分になるかもしれない。まだ試験内容は公表されてないけど、実技試験もあるから」

「……そりゃまあ、そうだよな。実技試験を野菜だけでしのぎきれるわけがないし」

意外にエイディははっきり物を言う。その現実的な感覚が逆に有り難《がた》くて、メロウは笑うことができた。

「お店を畳《たた》む方が早いかも。偉《えら》そうなことを言ったけど、そうなったら私がこの家を出て行くから。でも、貴方の居場所をばらしたりなんてしないから安心して」

「そんなこと、気にしてる場合じゃ……その……そんなに店、まずいのか？」

「——このままだと半月もつかもたないかって感じ。切り詰めて、一ヶ月」

正直にメロウは答えた。実際、経営はこの上なく危《あや》うい。打開策があるわけでもない。

「でも、頑張ってみる、最後まで」

「……そっか……分かった」

自分が代わりに他《ほか》の植物を育ててやろうか——とエイディは言い出さなかった。そんな男ではないことに、メロウはほっとする。だから笑顔《えがお》も作れる。

「そういうわけだから、今後は夕食に野菜が増えると思うの」

「……」

それは承諾《しょうだく》しかねると、子供っぽくエイディの顔には書いてあった。しかしそんな顔をされても、メロウだって困る。

「だって、私にはどうにも……あ、でも貴方のお金は手つかずで残してるからそれで」

「……使ってないのか？」

驚《おどろ》いたエイディに、メロウは笑って言い添《そ》える。

「だってここを出て家を借りるより貴方やミミの食費を出す方が安くすむから」

「――分かった。食べる」

気付いたらエイディはフォークを手に取っていた。エイディの視線の先には、野菜づくしの夕食がある。ミミが目を丸くした。

「エイディ、死ぬ気か」

「だって俺はメロウに面倒《めんどう》みてもらってるんだし……今日避《さ》けたって明日も明後日《あさって》も出てくるんだろ、野菜」

「そ、それは、そうなっちゃうかもだけど……」

ここ二週間、野菜とくれば全力で逃避《とうひ》するエイディを見てきたメロウは、意外な展開に狼狽《うろた》える。エイディは真剣そのものだった。

「――野菜って言ったら、サラダだよな……？」

「や、野菜の味からまだ遠そうなスープにしたらどうだろうか、エイディ。何事も早まっては駄目《だめ》だ。ラヴィ殿もそう思うだろう？」

「う、うん、そうしろよ。無茶《むちゃ》は駄目だ、倒れられたりしたら困るのこっちだし」

「あの、無理しなくていいからエイディ」

今、エイディがメロウの野菜を食べて卒倒《そっとう》したり吐《は》き出したりしたら、立ち直れない。そんなメロウの臆病《おくびょう》さを、エイディのまっすぐな眼差しが射貫《いぬ》いた。

「おいしいと思って野菜を作って売ってるんだろ、メロウは。なら自分が作った野菜にちゃんと自信持たないと駄目だ。精霊《せいれい》歌で、嘘《うそ》はつけないだろ」

返事を詰《つ》まらせたメロウの前で、いただきますとエイディが手を合わせた。無造作にフォークで突《つ》き刺したサラダを、エイディは躊躇《ためら》わず口に放り込む。

エイディが咀嚼《そしゃく》している時間を、メロウは身じろぎもせずに待った。エイディはきつく瞳を閉じていた――だがまばたきを繰《く》り返し、それから考え込むような顔で、ごくりと飲み込む。

「みっ水ならここだぞエイディ」

「――うまい」

エイディがぽつりと呟く。メロウは呼吸を一旦《いったん》止めた後で、ゆっくりと吐き出した。

「ほ……本当、に……？」

「ん――あ、何だポテトもうまい。え、何だこれおかしい。何でこんなにうまいんだ？」

失礼なことを言いながら、エイディが不思議そうに料理に手を出し始める。

安堵《あんど》で全身の力が抜けた後に、喜びが滲《にじ》み出てきた。嬉《うれ》しい。

（野菜を美味しいって言ってもらえるのが、こんなに嬉しいなんて――）

野菜しか作れないから。それだけで始めた野菜屋だった。だからどこか間違ったのか。

「――分かった、何でうまいのか」

やけに真剣な顔で、エイディが顔を持ち上げた。

「メロウ、まだ歌う元気あるか」

「え？　う……うん……」

「そうだな――少しでいいからトマトとキュウリ、作って。生で食べてみたい」

エイディは普段《ふだん》の怠惰《たいだ》が嘘のように、隙《すき》なく立ち上がった。

「い、いいけど……でも、いきなりどうしたの」

「まだ市場やってるよな。ちょっと行ってくる――あ、金！　俺がメロウに渡《わた》した金は？」

「そ、そこの棚の一番奥に、しまってある」

エイディはメロウが示した棚を開け、銅貨をつかむ。そして上着も着ずに、裏口へと向かった。

ミミが小走りで、エイディの後についていく。

「エイディ、一体何なのだ」

「確かめたいんだ、すぐ済む。あ、メロウはちゃんと夕飯、食べておけよ！」

言い置いてエイディはさっさと裏口から出て行った。ラヴィが渋面《じゅうめん》を作る。

「何だあいつ。実は吐きたいとか？」

そうだったらどうしよう、と思ってメロウはエイディが座っていた方向へと目を戻す。

エイディに出していた夕食は、綺麗《きれい》に平らげられていた。


エイディは宣言通りすぐ帰ってきて、紙袋《かみぶくろ》から買ってきた物を出した。

トマトとキュウリだ。

夕食の片付けが終わったテーブルに並べられた物に、メロウは首を傾《かし》げる。メロウが抱《かか》えたカゴの中にも、エイディの指示通り、作ったばかりのトマトとキュウリが入っていた。

「──どういうことなの？」

「メロウ、トマトとキュウリ」

手を伸《の》ばされ、メロウはエイディにカゴを渡した。エイディは一瞬《いっしゅん》迷ったものの、まず買ってきた物にそのままかぶりつく。ラヴィが大きな耳《みみ》を傾《かたむ》けた。

「──野菜に変な目覚め方したとか？」

「今までの反動かもしれん」

好き勝手言う契約精霊達《けいやくせいれい》の前で、エイディは今度はメロウのトマトとキュウリを、それぞれ一口ずつ食べた。そして呟《つぶや》く。

「やっぱりそうだ、おいしい」

「あの、いい加減説明してくれる？」

おいしいと言われるのは嬉しいが、ここまで意図が読めないと不気味だ。エイディは買ってきた野菜に目配せした。

「食べてみたら分かるよ、そっち。ラヴィもミミも」

「え？」

いいからと強く促《うなが》され、メロウは戸惑《とまど》いながらエイディが買ってきたトマトを手に取る。少し萎《しお》れて見えるのは、商品として日中晒《さら》されていたからだろう。

（……そういえば、売っている野菜を食べるのって初めてかも）

メロウは大きく口を開けて、トマトにかぶりつく。次の瞬間《しゅんかん》吹《ふ》き出しそうになり、どうにか堪《こら》えたもののそのまま咽《む》せた。

「何だよこのまっずいの！　にっが！　サイアク！」

メロウと同じトマトを食べたラヴィが、ぺっぺっと舌を突き出しながら叫《さけ》ぶ。ミミは神妙《しんみょう》な顔つきで、トマトを喉《のど》の奥に押し込んだようだった。

「どうやったらこんなに中身がすっかすかにできるんだ!?」

「う……ん……何か、失敗したとか……」

「まずいだろ。だから俺、野菜嫌《ぎら》いだったんだ」

エイディが含《ふく》みのある言い方をした。ラヴィがそれにくってかかる。

「どういう意味だよ」

「つまり、精霊歌で作られてない野菜はまずい。みんな慣れてるから平気なんだろうけど」

メロウはトマトとエイディを交互《こうご》に見比べた。

子爵《ししゃく》家でありながら生活が苦しかったメロウは野菜を買って食べる習慣がなかった。物心ついた頃《ころ》から自分が作った野菜を食べてきたのだ。だから、市販《しはん》の野菜の味を知らない。

「俺の家でも野菜は全部買ったもんで、精霊歌で作った野菜じゃないと思う。俺だってわざわざ作って食べようなんて思わなかったしさ」

「今は精霊歌で作られた野菜など売られていない。種も見かけなくなってきたほどだ。野菜嫌いのエイディでなくとも、食べる機会はそうないだろうな」

ミミの言うことはメロウにも分かる。精霊歌で植物を作るなら、高額の果物や麦でも作った方が、売るにしろ使うにしろ効率がいい。野菜は作るものではなく買うもの、作るなら野菜以外のもの。それが今の世間の認識《にんしき》だろう。

「つまりさ。メロウの野菜はおいしいんだ、それを分かってもらえれば売れる」

エイディの断言に、メロウは顔を上げた。藻掻《もが》いていた水面下から、いきなり引っ張り上げられた気分だった。

「でも、それができないから困ってるんじゃないか」

ラヴィの苦言に、エイディは不敵に笑い返す。寝惚《ねぼ》けた顔からいきなり脱皮《だっぴ》したエイディにメロウの心臓が跳《は》ねた。それに狼狽《うろた》えている間に、エイディがよく響《ひび》く口調で言った。

「分かってる、壁《かべ》は価格統制だろ。——メロウって、子爵家のお嬢様《じょうさま》なのに裁縫《さいほう》は得意だし料理上手だよな。ずっとメロウが家のご飯、作ってたとか？」

「お、お金がなくて、使用人を雇《やと》う余裕《よゆう》なんてなかったから」

あまり答えたくない家の内情も、エイディの勢いに押されてメロウは教えてしまう。エイディは無邪気《むじゃき》に自分の読みが当たっていたことを喜んだ。

「やっぱり！　俺、さっき市場見て思いついたんだ。要は最低価格の問題をクリアして、メロウの野菜のおいしさを分かってもらえればいいんだろ？」

「そ、そうだけど……でもどうやってやるかが問題で」

「惣菜屋《トレトウール》をやるんだよメロウ！」

思いがけない提案に、メロウはきょとんとエイディを見上げた。紺碧《こんぺき》の瞳《ひとみ》を晴れた海のようにきらきら輝《かがや》かせて、エイディが力説する。

「価格統制がかかるのは、精霊歌士達が作った植物そのものにだけだ。植物をそのまま売る時だけ、最低価格を守らなきゃならない。けど、加工した物は違《ちが》う」

花屋や青果店なら作った物そのままを売ることになるが、精霊《せいれい》歌士達は当然、植物を材料として卸《おろ》すこともある。パンならば小麦からできた小麦粉によって作られているが、価格統制がかかるのは小麦の部分だけだ。小麦粉やパンの価格は自由競争になる。小麦を作るのは精霊歌士達にしかできないが、それを碾《ひ》いて小麦粉やパンを作るのは別の人間でもできるからだ。

「そうか、私が作った野菜を使って惣菜を作れば、その惣菜には私の好きな値段がつけられるんだわ……それに私が自分で作った野菜を使えば材料費もかからないし、普通《ふつう》の惣菜屋さんと同じか、うまくいけば安く作れるかも……」

メロウもようやくエイディの狙《ねら》いが読めてきた。ラヴィが前足を組む。

「でも、惣菜って野菜だけで作れないだろ。他《ほか》の材料はタダじゃないよ」

「それはどこの惣菜屋も同じだろう。材料を野菜中心にするとか、工夫《くふう》すればいいのでは」

「そうそう。それに、精霊歌士の謳《うた》い文句は『人と植物を豊かに実らせる者』だろ。別に精霊歌士が作った物だけで世の中は回ってるんじゃないんだ」

エイディの言葉を、メロウもそらで言える。

(人と植物を、豊かに実らせる者)

ただの暗記しただけの記号が、初めてメロウの中で意味を持った気がした。

「メロウの野菜がおいしいって分かる惣菜を作ればいいんだよ。それで、この惣菜にはこの野菜を使ってますって売り込むんだ。どう？」

エイディの真剣《しんけん》な眼差《まなざ》しに、メロウは口元に拳《こぶし》を当てて、考え込む。

(市場でどんなお惣菜が売られているか見て、研究して——野菜以外の調達先を見つけたり、また準備が必要だけど。またお金もかかっちゃうけど)

——やれるかもしれない。

メロウの唇《くちびる》が綻《ほころ》ぶ。エイディとしっかり目を合わせて、微笑《ほほえ》み返した。

「勝算はあるかも——有り難《がと》うエイディ！　明日、簡単な試食品から作ってみる」

「そっか。良かったメロウ、笑ってるよな」

エイディが身を乗り出してメロウの顔を覗《のぞ》き込もうとする。メロウは慌《あわ》てて距離《きょり》を取ってしまった。だがエイディはメロウの態度を気にせず、ほっと息を吐《は》き出す。

「これで俺はまた安心して寝《ね》てられる……」

「……少しは見直してやろうかと思ったのに、お前……」

ラヴィの苦々しい呟きはもっともで、メロウはまた笑ってしまった。

第三楽章

惣菜は冷えているものだ。だから試食品のロールキャベツが湯気をあげなくなるまで待ってから、口に運んだ。

ゆっくりと咀嚼《そしやく》して、飲み込む。落胆《らくたん》で肩《かた》が落ちた。

「やっぱり駄目《だめ》……市場で買った野菜で作ったものと、味がほとんど変わらない」

「メロウ、もう日付変わったよ。昨日だって遅《おそ》かったしもう寝ようよ、根詰《つ》めすぎだよ」

居間のテーブルの上からラヴィが声をかける。ロールキャベツが冷めるまで予備学院の課題をやっていたメロウは、ぶつぶつ呟《つぶや》きながらテーブルに戻《もど》った。

「サラダや薄味の料理なら私と市販の野菜の違いがちゃんと出るんだけど、まさか商品がサラダだけってわけにはいかないし……サラダだって少し味の強いドレッシングを使ったら分からなくなっちゃうかも……そうしたら野菜が安い方にいっちゃうよね……」

「メロウー聞いてるーメロウー？」

「腕のいい料理人なら素材の味を活《い》かせるのかも。でも、雇うお金なんてないし……やっぱり薄味で野菜のみの商品で推《お》していくしかないのかしら。それで子供がいる家庭の奥さんが買ってくれるかな――エイディもそうだけど子供って野菜嫌い多い気がしない？」

「メロウ、聞いてないだろ」

半眼でこちらを見ているラヴィに、メロウはきょとんとして聞き直した。

「聞いてるじゃない、子供って野菜嫌いが多い気がしないって」

「そうじゃないよ……ボクはいい加減寝ようって言ってるんだよ」

「駄目、課題が残ってるから。明日の講義が提出期限なの」

メロウはテーブルの上に広がったままの課題に目を戻す。惣菜屋も気になるが今はこちらが優先だと、気持ちを切り替《か》えてプリントを手にした。

精霊歌に関する問題だ。知識を手がかりに自分なりの解決策を提示しなければならないので、頭を使う。最後に残っている問題文を、頭の整理ついでに読み上げてみた。

『『呪いの種』から芽吹《めぶ》いた『なれの果て』が周囲の植物を枯《か》らせてしまう理由について、各学説を挙げながら自説を述べよ。レポート形式……先に寝てていいよ、ラヴィ。私、寝られないかも。予習もあるから」

ラヴィは下からそっとメロウの顔を窺《うかが》った。

「……少しくらい、手を抜《ぬ》いたら？」

「これくらい平気。それにあの嫌味眼鏡《めがね》にも白衣女にも、ケチつけられるのは嫌《いや》なの」

きっぱり言い切ったメロウに、ラヴィが溜《た》め息を吐《つ》いた。メロウは分厚い教本を開き、レポート用紙にペンを走らせる。ラヴィが眠《ねむ》ろうとする気配はなかった。どうやらメロウに付き合ってくれるようだ。

(早く仕上げないと――こんなに課題ギリギリになっちゃうなんて)

時間が足りない。急いで教本を開くと、上から階段が軋《きし》む音がした。

「メロウ、まだやってるのか？」

廊下《ろうか》から、エイディがひょいと顔を出す。そのまま居間に入ってきたエイディに、ミミも続く。メロウは手を止め、目を丸くした。

「エイディこそ、まだ起きてたの？」

「まだ起きてたっていうか、寝てて目が覚めた……」

「明日、天変地異でも起きるんじゃないの」

ラヴィが不気味そうに呟く。エイディはメロウの前に広がっている課題に、目を細めた。

「……寝ないのか？　最近、あんまり寝てないみたいだって、ミミが」

メロウがミミを見ると、ミミは何度も頷《うなず》いた。メロウは苦笑《くしょう》する。

「大丈夫《だいじょうぶ》。課題仕上げないといけないから今日は徹夜《てつや》だけど、健康管理はできてるから」

「でも寝ないと死ぬと思う。俺なら死ぬ」

やけに深刻に言い切ったエイディに、メロウは笑う。

「エイディならね。でも私は平気。時間が足りないんだからしょうがないわ、惣菜の方もまだ問題が片付いてないし……」

「ああ、惣菜にすると市場で買った野菜と味があんまり変わらないってやつ？」

「そう。折角《せっかく》エイディがいい売り方を考えてくれたんだから、妥協《だきょう》したくないの」

「えっ？」

驚《おどろ》いたエイディがメロウを見つめる。驚かれる理由が分からず、メロウは聞き返した。

「えって……何が？」

「……いや、俺は言っただけだしそこまで……成功するかもまだ分かんないだろ。今からそんなに一生懸命《いっしょうけんめい》やってたら、もたないんじゃ……」

「普通よ、これくらい。みんなやってることだし、私はもっと頑張《がんば》らなきゃ」

「……」

エイディは無言でラヴィを見た。ラヴィは黙《だま》って頷き返した。ミミも目で応じている。

取り残されたメロウは、疎外《そがい》感に唇を尖《とが》らせた。

「何？　みんなして」

「……うん、言っても無駄《むだ》だって分かった」

「だから何が？」

「そのレポート、こっちの参考書のここが分かりやすいと思う。なれの果てと呪いの種の特《とく》徴《ちょう》と周囲の植物を枯らす理由についての各学説が簡単にまとめてあるから。なれの果ての毒素を抜く種の研究についても書いておいたら、加点されると思う」

積み上げられた本から一つ選び取ったエイディが、ページを捲《めく》ってメロウの前に置く。メロウはそのページを上から流し見た。難解な言い回しのない説明が、確かに分かりやすい。

「……この本、読んだことあるの？」

「ああ、そこにある本なら昔、全部読んでる。俺の家、昔の本から新しい本まで書斎《しょさい》にそろってたからさ。本読むの好きだし」

そう言えば読書が趣味《しゅみ》だと言っていた。まさか、読んだ本の中身を全部覚えているのか——という問いは、答えが怖《こわ》かったのであえて飲み込む。

「いい本ばっか選んできてるなー。メロウは本を見る目もあると思う」

「——私、もっと頑張るわ」

静かに決意したメロウにエイディがきょとんとし、ミミが深く項垂《うなだ》れる。ラヴィが投げやりに言った。

「少しは役に立つじゃんと思ったボクがやっぱり間違《まちが》ってたよ……」

「すまないラヴィ殿。エイディに代わって謝罪する」

「お前が謝ってどうするんだよ！　謝る前に教育しろよ！」

「——そうだな分かった、やってみよう。エイディ！」

突然《とつぜん》雄々《おお》しく声を張り上げたミミを、エイディが振り返った。メロウもラヴィも注目する中で、ミミは厳《おごそ》かに指導する。

「ここは眠気覚《ねむけざ》ましにコーヒーを淹《い》れて、メロウ殿を気遣《きづか》うところだ。この間メロウ殿に教えてもらった成果を今こそ発揮しろ！　男らしく成長しているところを見せるのだエイディ！」

「そうか、そうだよな。メロウはミルクと砂糖がいる。あと、猫舌《ねこじた》」

「そうじゃないだろこのボケボケコンビ……！」

使命感に燃えて台所へ向かうエイディとミミに、ラヴィが打ち震《ふる》える。有り難《がと》うと声をかけてから、メロウはエイディが開いてくれた本を片手に、再びペンを走らせた。


講堂に響《ひび》くカーチスの授業は進みが速い。だが講義内容は理解しやすく予習していればついていける。課題もやればこなせる。どれもムーサ音楽院合格に向けて猛勉強《もうべんきょう》したおかげだ。

目下の問題は惣菜《そうざい》屋の方だ。

指定された教本のページに目を落としたまま、メロウは考える。

(私がどこかの料理人に弟子《でし》入りするとか、現実的じゃないし……それに、料理人じゃないと美味《おい》しくならない野菜なんて、市販《しはん》のと売りが何ら変わりなくなっちゃう。私は、普通《ふつう》の人が普通に料理して、おいしいって分かる野菜が作りたい)

精霊《せいれい》歌の能力次第《しだい》だろうか。それはあり得そうだと、メロウは考えた。

例えば——エイディが作った野菜ならどうだろう。

ただの想像に、メロウはぞっとした。その理由を振り払《はら》うように、乱暴に首を振る。

「メロウ・マーメイドル！」

「はいっ？」

突然《とつぜん》耳に飛び込んだ声に慌《あわ》ててメロウは立ち上がった。こけそうになって椅子《いす》ががたがたと揺《ゆ》れる。後ろの方の席で忍《しの》び笑いが聞こえた。

カーチスが眼鏡を光らせて、メロウを見据《みす》える。

「毎回懲《こ》りもせずたった一人で最前列ど真ん中を陣取《じんど》ってらっしゃる貴方《あなた》に聞いています。花の品種改良についての歴史と、その概要《がいよう》。答えられないのですか？」

「こ、答えられます。花の品種改良は——」

答えようとして、メロウは止まった。

(それだわ)

途中《とちゅう》で固まったメロウに、カーチスが眉《まゆ》を寄せる。

「メロウ・マーメイドル？」

「はい、分かりました！」

「私には貴方の回答が全く分かりませんが」

「品種改良です！　花の品種改良は、まず持ちが良く育ちやすい品種を、次に花弁の色や見栄《みば》えの変化による販促《はんそく》を目標に行われることが多いです。また、花は実をとる必要性がないことから、呪いの種の擬態《ぎたい》を逆手にとり、なれの果てに浄化《じょうか》作用を施《ほどこ》す種の開発も検討され――」

メロウは勢いよく答えながら、確信する。

品種改良された種を使って、野菜を作ればいいのだ。

家に帰るとエイディが起きていた。

珍《めずら》しいこともあるものだと思うメロウに、エイディも驚いた顔をしている。

「どうしたんだよメロウ、その本」

「貸本屋から借りてきたの」

足元を歩くラヴィを踏《ふ》まないよう気をつけながら、メロウは自分の頭より高く積み重なった本をテーブルの上に下ろす。

「何の本なんだ、これ？」

早速《さっそく》本を開くメロウの向かい側から、エイディが本を取って、古びた背表紙を見る。メロウは製本が崩《くず》れてしまいそうな本を慎重《しんちょう》に捲りながら答えた。

「まだ野菜が精霊歌で作られた頃《ころ》の本よ。あるだけ全部借りてきた」

野菜に精霊歌が必要なくなってからもう十年たったせいか、十冊も残っていなかった。仕方ないこととはいえ、メロウはそれが悔《くや》しい。

「野菜だって昔はみんなが研究して品種改良されてたはずなのよ、だから――あった！」

目当ての見出《みだ》しを見つけたメロウは、声を上げる。ラヴィがメロウの手元を覗《のぞ》き込んだ。

「……これ全部キャベツの種？　うわ、他《ほか》にも色々……」

「そう。やっぱり昔はあったんだわ……何とか手に入れられないかしら」

何を目的に品種改良されているのか説明してある項目《こうもく》を、メロウはページを次々捲って確認《かくにん》する。

煮《に》ると旨味《うまみ》がより出るキャベツ。

味が染《し》みやすく歯ごたえも残る、調理に向いたカブ。

甘味が強く、消化にいいニンジン。

どれも今、メロウが喉《のど》から手が出るほど、欲しい野菜ばかりだ。

（作ってみたい）

はっきりと沸《わ》き上がった欲求《よっきゅう》に、気持ちが焦《あせ》る。ミミがもっともな質問をした。

「ムーサ学園都市には種や苗《なえ》の専門店があるだろう。そこなら売っているのではないか？」

「もう聞いてきたの。今は取り扱《あつか》ってないし在庫もないって。……野菜の種と苗を専門に扱ってる店ならあるかもしれないけど、そんなお店、見たこともないし」

「あ、それなら俺、見たことある。野菜の種と苗の専門店」

黙って本を見ていたエイディが、顔を上げる。メロウはエイディに詰《つ》め寄った。

「どこで⁉」

「地図で。ロマリカ地区の隣《となり》にノース地区ってあるだろ、そこ」

メロウは慌てて引き戸からムーサ学園都市の地図を引っ張り出す。テーブルの上にノース地区の拡大図を広げ、目を凝《こ》らした。

「ほら、ここ」

エイディがあっさり見つけ出して、指で示す。

『野菜種苗専門店ダグ』

メロウは大きく目を開いた。

「私、行ってくる！」

「今から⁉ もう夕方になるよ、ここからだとノース地区って結構遠いのにっ」

メロウは精霊歌士見習い許可証や営業許可証を棚《たな》から取り出し、ショルダーバッグに入れる。

「ラヴィは留守番してて。許可証を持っていけば精霊歌を歌える人間だって分かってもらえると思うし——あ、野菜！　私の野菜も持っていって、見てもらった方が」

「俺も行く」

メロウもラヴィもミミも、一斉《いっせい》にエイディを振り返る。エイディは、惣菜屋を提案した時と同じように、顔を輝《かがや》かせていた。

「今はない昔の知識と技術ってことだろ？　俺も見たい。それにほら、この本の著者」

メロウが借りた本の表紙をエイディが見せる。そこには『ダグ』という著者名があった。

「メロウが借りてきた本、半分はこの人が書いてる。同一人物なら面白《おもしろ》そうだろ？」

「エイディ、遊びではない。これはメロウ殿の大事な仕事だ」

ミミが窘《たしな》めるように言った。エイディは頷《うなず》き返す。

「分かってる、邪魔《じゃま》はしない。な、いいだろメロウ、俺が行っても」

「えっ……で、でもエイディ、まだ明るいのに長く外に出たら見つかっちゃうんじゃ」

「平気だよ。俺の顔写真が出回って捜索《そうさく》されてるわけでもないみたいだし、ムーサ音楽院の生徒だって普通、学院外に出ないしさ」

「それは……そうだけど」

迷ったメロウの視線の先は、ミミに行き着いた。ミミは、諦《あきら》めたように伏《ふ》し目がちになる。

「……連れて行ってやってもらえるか、メロウ殿」

「ミ、ミミもいいって言うなら……でも、いいの？」

「こうなったエイディは何が何でも諦めない。そういうヤツなんだ」

「よっし決まりだ！」

エイディが目をきらきらさせて手を打つ。メロウは戸惑《とまど》いつつ、頷き返した。

メロウ達が古びた看板とコテージ風の店の前に辿《たど》り着いた頃には、太陽が赤く染まり始めていた。逆光で見えにくい看板の掠《かす》れた文字を、ラヴィが目を細めて読み解く。

「野菜種苗専門店……メロウ並みに怪《あや》しい。絶対、儲《もう》かってないだろ」

「メロウ、早く早く」

エイディが急《せ》かす。緊張《きんちょう》していたメロウは、エイディのはしゃぎように頬《ほお》を緩《ゆる》めた。収穫《しゅうかく》したての野菜が入った紙袋《かみぶくろ》を持ち直し、意を決して扉《とびら》を開く。呼び鈴《りん》が響《ひび》いた。

奥に向かって細長い形をした店内の両側の壁《かべ》に、棚が設《しつら》えてある。そこにずらりと種が封《ふう》をされて並んでいた。メロウは棚に駆《か》け寄る。

密閉され冷えた硝子瓶《ガラスびん》の中に、生石灰《せいせっかい》が入った小袋《こぶくろ》と一緒《いっしょ》に種が入っていた。キャベツだけでも十種類ほどずらりと並んでいる。

「――何だ、客か」

一番奥のカウンターから人影《ひとかげ》がもぞりと動いた。メロウは慌てて振《ふ》り向《む》く。

「あ、あの、すみません。店主の――ダグさんでしょうか」

「そうだが、最近の娘《むすめ》は自分から名乗りもせんのか？」

白髪《しらが》の混じった髪《かみ》を短く刈《か》り上げ、皺《しわ》を刻んだ強面《こわもて》が片目だけでメロウを検分していた。眼帯代わりなのか、右目を紫《むらさき》の布で隠《かく》しているのだ。首から意匠《いしょう》の凝った金の鍵《かぎ》を下げているのも、印象的だった。

「何だ、名前がないのか、小娘《こむすめ》」

からかうような口調に、一筋縄《ひとすじなわ》ではいかない笑《え》み。試《ため》されている気がして、メロウはしゃんと背筋を伸《の》ばした。

「申《もう》し遅《おく》れました。私、メロウ・マーメイドルといいます」

「――メロウ・マーメイドル。巷《ちまた》で噂《うわさ》の女王の娘か。何の用だ」

女王の娘という肩書《かたが》きにメロウはぎくりと身を竦《すく》めたが、すぐにまた口を開いた。

「今年、予備学生になりました。野菜を中心とした惣菜屋の開店を考えているんです。それで是非《ぜひ》、こちらで扱っている野菜の種や苗を買い付けさせて頂きたいと思って」

「惣菜屋をやるならそこら辺に売ってる種でよかろう、そっちの方が安くすむ」

「私はおいしい野菜を売りたいんです！」

メロウの即答《そくとう》に、ダグが黙《だま》った。メロウは目を逸《そ》らさず、相手を見つめ続ける。

「――なら惣菜屋は自分の野菜を味見させる手段か。小狡《こずる》いことを考える奴《やつ》だな。考えたのはお前か？」

顎《あご》を撫《な》でながら、ダグがメロウに尋《たず》ねる。メロウは躊躇《ためら》いがちにエイディを見ながら答えた。

「いえ、私じゃなくて――その、この人が……」

「ほぉ。どっちも契約精霊《けいやくせいれい》を連れとるようだが、その若造は野菜を作らんのか」

「俺、野菜嫌《ぎら》いだからさ。メロウの野菜は別だけど」

恥《は》ずかしくなったメロウは、野菜が入った紙袋で顔を隠す。ダグがその様子を見て、にやりと笑った。

「つまりこの娘の野菜はいい出来だと言うんだな。——持ってきとるなら見せてみい」

「は、はい」

ダグが待つカウンターに、トマトを乗せる。ダグはすぐさまそれを手に取り、引っ繰《く》り返し、目を細め——トマトを片手で握《にぎ》り潰《つぶ》した。

メロウの肩《かた》でトマトの飛沫《ひまつ》を浴びたラヴィが、大声で喚《わめ》く。

「おい何すんだよメロウの野菜を！　しかもボクにかかったじゃないか！」

「何か敵意があるのなら私がお相手する」

すっと身構えたミミが目を光らせる。エイディが制する前に、メロウがそれを止めた。

「二人とも、やめて。——どういうことか、説明して下さい」

「どうもこうもあるか。この色、艶《つや》、弾力《だんりょく》のなさ。手抜《てぬ》きすぎて話にならんだけだ」

「私は手抜きなんかしてません！　精一杯《せいいっぱい》心を込めて歌ってます。品種改良された野菜や、精《せい》霊《れい》歌士にはまだ叶《かな》わないのかもしれないけど……っ」

語尾《ごび》を震《ふる》わせたメロウは、意識せずエイディを横目で見てしまう。その直後に、雷《かみなり》に似た大声が落ちた。

「馬鹿《ばか》モンが!! だから最近の野菜は駄目《だめ》なのだ!!」

カウンターに拳《こぶし》を叩《たた》き付けたダグが、竦むメロウにそのまま捲《まく》し立てた。

「精霊歌、結構だとも！ それがなければ植物は育たんそれはいい、そういう世界だ。だが貴様ら精霊歌を歌える人間ときたら出来上がった植物は全《すべ》て精霊歌の功績だと思っとる！ だからこんな手抜き野菜を頑張《がんば》ったなどと恥ずかしげもなく出してこれるのだ！」

「……そ、それはだって実際、精霊歌で……」

「種が、土が、日の光が、水がなくても、精霊歌だけで植物は育つのか」

先程《さきほど》とは打って変わった静かな問いは、まっすぐにメロウの胸を打つ。

「精霊歌の能力を持っているだけの半端《はんぱ》者は、そこをすぐ間違《まちが》えおる。作った野菜にそれが出とるわ。お前は俺の種をやるに値《あたい》せん根性《こんじょう》なしだ」

「……」

メロウは言い返せずに俯《うつむ》く。静寂《せいじゃく》に満ちた店内で、エイディがメロウの手をつかんだ。

「メロウ、出直そう」

「……でも」

「何かあるんだ、精霊歌でも品種改良された種でもない、いい野菜を作る方法が。それが分かってからこいって、この爺《じい》さんはそう言ってる」

エイディの断言にメロウははっと瞠目《どうもく》する。

（種の項目《こうもく》しか見なかったけど、あの本の目次に確か……）

ダグは忌々《いまいま》しいと言わんばかりにエイディを睨《にら》んでいた。

「小賢《こざか》しいガキだな」

「——今日はこれで失礼します。また来ますから、待っていて下さい」

「ふん、できるわけがない」

深々と頭を下げたメロウは、小馬鹿《こばか》にするダグをしっかり見据《みす》えてから、背中を向けた。


「——あった、これだわ」

居間で借りてきた本を広げていたメロウは、思わず声を上げた。ぬるま湯で汚《よご》れを落とした
ラヴィも、メロウの手元にある本を覗《のぞ》き込む。

「何これ……土をコップに入れて水を混ぜる？　何でこんなことするんだよ」

「土の酸性度を調べてるんだって。野菜は土作りが重要だって……知らなかった」

呆然《ぼうぜん》とメロウは呟《つぶや》く。

図解までつけて初心者向けに書いてある手順は、本来ならば基礎《きそ》の基礎なのだろう。だが今は野菜が売れない。だから誰《だれ》も、こんな風に手間をかけて野菜を作らなくなってしまった。

——手抜き野菜。

ダグはメロウの野菜をそう評価した。見抜《みぬ》かれたのだ。

それは、土から育てられた野菜とそうでない野菜の違《ちが》いが一目で分かるいうことでもある。

「土作り……やってみなくちゃ」

「えっ……これ土を全部掘《ほ》り起こせとか書いてあるけど、やるつもり!?」

「なあメロウ、この本の続きってそっちにある？」

「エイディ！　物置小屋に鍬《くわ》とか鋤《すき》とか、あったわよね!?」

二階からミミを連れて下りてきたエイディに詰《つ》め寄る。メロウの勢いにエイディとミミが顔を見合わせた。

「あったと思うけど——今度は何するんだ、メロウ？」

「土作り！」

即答したメロウはそのまま裏口へ飛び出した。日が沈《しず》んだばかりの土地が目に入る。

乾《かわ》いた土の上には石ころが散在していた。何度か野菜を育てるのに使った場所には根が残っているだろう。それも一旦《いったん》、全て取り除き、耕す。

夜と混色している土地は、果てしない広さに見えた。これを、野菜畑に塗《ぬ》り替《か》えなくてはならない。

メロウが読んでいた本を開きながら外に出てきたエイディが、ぼそりと呟く。

「土作り……この広さ全部掘り起こすとか、本気で？」

「本気よ」

メロウは低く、断言した。

植物が育たない土の中でも、生き物はいる。鍬の上に顔を出したうねうねと動く細長い生き物に、メロウは悲鳴を飲み込んだ。小石をよける作業を手伝っていたラヴィが、一目散に逃《に》げ出す。

「ギャー虫だ虫っ！　何だこいつ気持ち悪いっ！」

「だ、大丈夫《だいじょうぶ》ラヴィっ、今、とってあげるから」

メロウが腰《こし》を屈《かが》め手を伸《の》ばすより先に、ミミがやってきて前足でぽいっと虫を飛ばした。ラヴィを騒《さわ》がせた虫はあっけなく空を舞《ま》って、どこかへ消える。

「これでいいだろうか」

「あ、有り難《がと》うミミ……でも、今度は自分で取るね。大丈夫、手袋《てぶくろ》だってしてるし、頑張る」

「ボ……ボクはお礼なんか言わないからな！」

遠くからそう叫《さけ》んだラヴィに、ミミは穏《おだ》やかに頷《うなず》き返す。

「当然だ。礼を言われるほど大したことはしていない」

「嫌味《いやみ》かよ!?　お前、実はボクを馬鹿にしてないか!?」

「手のマメ、大丈夫かメロウ。筋肉痛も」

メロウより少し離《はな》れた場所で、鍬の柄《え》に手と顎を乗せたエイディが心配そうに尋ねた。そういうエイディの手にもマメがあるのをメロウは知っている。

「全然、平気。お風呂《ふろ》にもよく浸《つ》かってるし。エイディこそ」

「メロウは休憩《きゅうけい》した方がいいと思う。さっきから力、あんまり入ってないだろ。今日も朝からずっと頑張ってるじゃん。俺は男だし力も体力もあるけど、メロウは女の子なんだから」

「おっ女の子だからとか、関係ないと思うの。だって私の畑だし」

これは精霊歌の能力も学力も関係ない、ただ根気が必要な作業だ。だからこそメロウは、エイディより先に音を上げたくなかった。ただでさえ力があるエイディの方がメロウより作業効率が高くて、悔《くや》しいくらいなのだ。

（絶対に、ダグさんがぎゃふんと言うような美味《おい》しい野菜を作ってみせるんだから……！）

メロウの心境を見抜いているラヴィが、虫がいないのを確認《かくにん》しながら近付く。

「そんなことで張り合ってどうすんだよ、適所適材だろ」

「でも、みんなも休まないと不公平じゃない」

「あのさメロウ。土を掘り起こした後、次は堆肥《たいひ》すきこんで畝《うね》を作るんだろ。それはメロウじゃないと分からないじゃん、野菜に合わせて土壌《どじょう》の調整するんだし。もう半分は耕し終わってるし、俺が残り掘っとくから、メロウはそっちに取りかかった方が効率いいと思う」

エイディが言うことは合理的だった。だがメロウは、素直《すなお》にエイディを頼《たよ》れない。

「それは……助かるけど、エイディにそんなに手伝ってもらうなんて」

「いいよ別に、楽しいから。本に書いてあることを実際にやるって、やっぱ違うよなー」

汚れてもいい安物の作業服で鍬を振《ふ》るうエイディの笑顔《えがお》に、嘘《うそ》はなさそうだった。メロウの傍《かたわ》らで、ミミがそれを保証する。

「気にしなくていい、メロウ殿。エイディは面白《おもしろ》くないことはやらない」

「メロウは課題だってあるんだぞ。それにあと一ヶ月ちょいで、前期試験だろ」

「思い出させないでラヴィ……」

メロウは発表されたばかりの前期試験の実技内容を思い出して項垂《うなだ》れる。

実技試験の内容は『花を咲かせること』だ。歌は自由、種も持ち込みで花の種類も問わないという初歩の能力を問う試験内容だった。最初の試験だから簡単にしたと説明されたが、メロウにとっては言い訳無用の最難関実技試験だ。

一度でも単位を落とせば除籍《じょせき》。メロウは鍬の柄を握《にぎ》り締《し》める。

「何とかしないと……」

「なら、頼れるところは頼ったらいいんだよ。珍《めずら》しくあのボンクラが働いてくれてるし」

「……ボンクラって、俺？」

「大丈夫だエイディ。お前は優秀《ゆうしゅう》なボンクラだ」

かりしているのにだ。

ラヴィはいつの間にか、エイディとミミを頭数に入れている。エイディとミミに駄目《だめ》出しば
それとも頼りにならないか？」
「そこ、突《つ》っ込まないぞボクは！　——とにかく、メロウはちゃんとボクらを信頼《しんらい》しろよな。
「そっか良かった」

メロウにくすぐったい笑いがこみ上げた。ラヴィも意地っ張りで、負けず嫌《ぎら》いだ。

「分かったラヴィ。とりあえずみんなにお昼ご飯、作ってくるね」

「そうだよ。力仕事で男よりたくましくなろうとしてどうするんだよ。可愛《かわい》気ないって嫁《よめ》のもらい手なくなるぞ！」


ラヴィに言われて、メロウは自分の格好を改めて見下ろす。汚れても構わないものをと古着屋で調達した茶色のズボンはサイズが大きく、形も不格好だ。頭のてっぺんで一つにしばっている髪《かみ》も、形が崩《くず》れかけている。お世辞にも可愛いとは言えない。

「そっかなあ。虫とか怖《こわ》いのに平気なフリして一生懸命《いっしょうけんめい》戦ってるのとか、見てて可愛いけど」

思わぬ言葉に顔を上げると、エイディとばっちり目が合った。いきなり恥《は》ずかしくなったメロウは、急いで頬《ほお》の土汚れを取り払う。

「おっお昼ご飯、作ってくるからっ」

「なっ——何をやっとるんだエイディ、お前！」

一目散にその場から逃げだそうとしていたメロウは、柵《さく》の向こうの小道から聞こえた声に振り向く。

いかにも貴族といった出《い》で立ちの男が二人、立っていた。顔を向けたエイディが笑う。

「兄ちゃん達だ。思ったより遅かったなー」

「え……」

「――遅かったなーじゃないだろうが、この天才的馬鹿《ばか》弟があぁぁぁあっ!!」

怒声《どせい》が青空にびりびりと震《ふる》える。メロウはぽかんとして、エイディが兄だという人物をそれぞれ見比べた。

「この世のどこにッ入学早々退学届出してそのままトンズラする阿呆《あほう》がおるかこの阿呆！」

「うん」

「うん、じゃないだろうがお前は！　学長代理から連絡《れんらく》を受けた私がどれだけ情けない思いをしたか分かるのか、お前に分かるのか！　この兄の苦悩《くのう》がお前に分かるのか!!」

「うんごめん。でもあんまり思い詰めるとハゲるぞ、クラウ兄ちゃん」

「兄ちゃんじゃないクラウ兄上と呼べ！」

居間のソファで向き合う兄弟のやり取りを、メロウは台所でお茶を用意しながら盗《ぬす》み聞く。

どうやらヒトライツ侯爵《こうしやく》家の長男はまともなようだった。その分、苦労しているのだろうと一方的に同情する。

(大丈夫かな。失礼にならないかしら)

侯爵家のお客様だ。急いで着替《きが》えた普段着《ふだんぎ》をもう一度確認した。壁《かべ》にかけられた鏡の中で、梳《と》き直した髪とカチューシャをもう一度、整える。エイディは涼《すず》しい顔をしているが、子爵《ししやく》家の人間であり身内ではないメロウに失礼は許されない。

「ごめんなメロウちゃん、大騒《おおさわ》ぎして。あ、待たせてもらってる間にケーキ買ってきたから、どーぞどーぞ」

ひょいと台所に顔を覗《のぞ》かせた金髪《きんぱつ》の青年は、次男だと紹介《しょうかい》された。すっきりとした顔立ちの爽《さわ》やかな美形から、メロウはムーサ学園都市で一番有名な菓子《かし》店の名前が入ったケーキの箱を受け取る。

「お気遣《きづか》い有り難《がと》う御座います」

「いや可愛いなあ。年はいくつ？　彼氏は？」

「レイオル貴様もこれ以上私の心労を増やすな、開墾《かいこん》ボランティアに三ヶ月飛ばされるだけじゃ懲《こ》りんのか！」

「冗談《じょうだん》なのにやだなークラウ兄上。若いのに眉間《みけん》の皺《しわ》が固定されますよ」

「誰《だれ》のせいだとっ……！」

ケーキを切り分けた皿と紅茶をトレイに乗せ、メロウは居間にそっと足を踏《ふ》み入れる。怒鳴《どな》りすぎたせいか、やややつれた顔で長男のクラウが紅茶を受け取る。

「お気遣い頂き、申し訳ない」

目礼し、メロウは部屋の隅《すみ》にいるラヴィとミミにもケーキを置いた。ラヴィはミミと一緒《いっしょ》に素知らぬふりを決め込むらしい。

「――ところで貴方《あなた》は弟の何ですかな」

「はいっ？」

突然《とつぜん》矛先を向けられたメロウは、トレイを持ったまま振り向く。紅茶を一口飲んだクラウは、乱れた黒髪《くろかみ》をきっちり後ろになでつけてから、メロウを静かに見つめた。

「事情はお聞きしました。うちの弟が大変迷惑《めいわく》をおかけした――が、貴方は一体どういうおつもりで弟と同居を？　予備学生だとお聞きしましたが、まさかうちの弟を利用して」

「わっ私は」

「利用されるとか、そんなめんどくさいこと俺がやるわけないじゃん」

メロウとクラウは険悪になる前に、エイディを見返ることになった。柱に背を預けて立ったまま紅茶を飲んでいたレイオルが笑う。

「そりゃそうだ、エイディは使えない子だもんな」

「そうそう」

「お前はそれでいいのかエイディよ……!」

「いいから本題に入りましょうって、兄上。エイディ、お前どうすんのこれから」

嘆《なげ》く長兄《ちょうけい》の横に腰を下ろし、次兄《じけい》のレイオルがはっきり切り出した。失礼な疑いをかけられた不愉快《ふゆかい》さは消化できないままだったが、メロウは黙《だま》ってこの場を見守ることにする。

エイディは苺《いちご》のケーキをフォークで切り取って、レイオルに顔を向けた。

「どうって? 別に俺はこのままでいい」

「そういうわけにはいかん」

しっかりとした口調で、クラウがエイディに反論する。

「お前はムーサ音楽院の首席入学生だぞ。周囲に示しがつかん。これはお前だけの問題ではないんだ」

「でも俺、ムーサ音楽院やめたし」

「お前の退学届も脱走《だっそう》も伏《ふ》せてある。お前は今、体調不良で休養していることになっているんだ。退学届も受理されていない。お前はまだムーサ音楽院の生徒だ」

メロウは驚《おどろ》いて、エイディを見返った。

そこまで聞いても全く表情を変えないエイディに、クラウが眉《まゆ》を顰《ひそ》める。

「……お前の将来に傷が付かないよう、学長代理が気を遣《つか》って下さったんだ。私達もどれだけ心配したと思っている。なれの果ての瘴気《しょうき》にやられたかと思っただろう」

「俺はこのままでいい。ここが面白《おもしろ》いから」

エイディは同じようで違《ちが》う言葉を、今度ははっきりと告げた。

「メロウが惣菜屋をどうしてくかも気になるし、昔の野菜の種も気になる。畑を作るのも楽しい。ムーサ音楽院に戻《もど》るとか戻らないとかじゃなくて、俺は今、ここにいたい」

エイディの語る理由に、メロウは思わず胸の当たりを押さえて、俯《うつむ》いた。

メロウのすることを肯定《こうてい》してくれるエイディの言葉は嬉《うれ》しい。だが、エイディの言っていることは子供の我が儘《まま》だ。精霊《せいれい》歌の能力を持つ人間には、能力相応の義務がある。入学式で聞いたエイディの歌は素晴《すば》らしかった。あの才能を埋《う》もれさせるなど、周囲が許さないだろう。

「お前が……気になる、だと……？」

クラウがおののきながら繰《く》り返した。レイオルもまじまじとエイディを見ている。

「その才能を寝ることにのみ費《つい》やそうとするお前が、気になる……!?　いや確かにお前は知的好奇心《こうきしん》は強い、小さい頃《ころ》から本と問題集を置くと片《かた》っ端《ぱし》から読み解いては寝ていた……私はそれを見る度《たび》に誇《ほこ》らしくなったものだ、私の弟は天才に違いないと……！」

「……弟馬鹿なのかよ、ヒトライツ侯爵家の跡《あとと》取りは」

「否定はしない」

壁際《かべぎわ》で呟《つぶや》いたラヴィに、ミミが静かに頷《うなず》き返す。聞こえていないらしいクラウは幾分《いくぶん》か苦悩した後で、しゃんと顔を上げ、エイディを見つめて諭《さと》す。

「……滅多《めった》にないお前のまともな願い事だ、叶《かな》えてやりたいがそれはいかんエイディ。このお嬢《じょう》さんにだって迷惑だろう」

「えっメロウは俺が迷惑なのか？」

「め、迷惑だとは思ってないけどっ」

いきなりエイディに振《ふ》り向かれたメロウは、反射的にそう答えていた。エイディが満足気に微笑《ほほえ》んで、クラウに目を戻す。

「ほら、メロウは迷惑じゃないって」

「馬鹿者が、約束もないお嬢さんと一つ屋根の下など許せるか。どうしてもと言うなら色々手順や手続きが必要だ、それが世の中というものだ」

クラウの視線に、メロウは何を懸念《けねん》されているか遅《おく》れて気付いた。かあっと頰《ほお》が赤くなる。

「ごっ誤解しないで下さい！　私はエイディと何でもないですから！」

「って言われてるけど、お前はどうなのエイディ」

レイオルの横槍《よこやり》に、メロウはトレイを落としそうになった。エイディはうーんと考え込んでから、晴れやかに答える。

「まだ友達かな」

「まだってどういう意味だよ！」

「エイディは天然だ、深い意味はないのだラヴィ殿」

「またそれか！」

過剰《かじょう》反応したラヴィとなだめるミミの声を聞き流しながら、メロウはトレイで顔を半分隠《かく》す。

（……と、友達って……対等に見てくれてるってこと？）

なら嬉しい。そして何でもないと突《つ》っぱねた自分の余裕《よゆう》のなさが、気まずい。

メロウとエイディをそれぞれ交互《こうご》に見て、クラウがごほんと咳払《せきばら》いをした。

「――ま、まあ友達だとしてもだ。これぱかりはそうですかと言うわけには」

「そうお堅《かた》いから婚約者《こんやく》に逃《に》げられちゃうんですよークラウ兄上は」

笑い声が混じったレイオルの茶々に、クラウが口元をわななかせた。エイディが同情と分かる眼差《まなざ》しで、兄を見つめる。

「また逃げられたんだ、クラウ兄ちゃん……二度あることは三度あるんだな」

「お前達、兄の傷口に塩を塗《ぬ》り込んでそんなに楽しいか……！」

「いーじゃないですか俺はエイディの味方しまーす。あのエイディが気になるとかやりたいことがあるってんなら、俺達だけでもそれを尊重してやるべきですよ、兄上」

紅茶のカップをソーサーに置いて、レイオルは柱から背を離《はな》した。

「幸いここはうちの家だから、よその女の子の家に出入りするより面子《メンツ》も保たれるでしょ。しばらく俺がホテルに残って様子見しますよ。女王の娘《むすめ》ってのも気になるし」

「そういう扱《あつか》いはやめろと女王が言っておいでだ。それに女王の娘だろうが何だろうが、余所《よそ》様の大切なお嬢さんに変わりない。失礼な真似《まね》はできん」

何の躊躇《ちゅうちょ》もなくそう答えたクラウに、メロウは内心で驚いた。断言できる人は珍《めずら》しい。

「それにレイオル、お前の行き先は開墾ボランティアだ。逃げるのは許さん……！」

「ハイハイ行きますって、エイディの身の振り方が決まったら。ついでにムーサ音楽院にもてきとーに言い訳しときます。学長代理だって、なれの果ての犯人が分かるまで安心してエイディを預けられないって言えば反論できないでしょ。うち権力もあるし使わないと」

「口にしたくもないお前と女性達の騒動《そうどう》に心労が重なって倒《たお》れた母上に、一体どう説明しろと言うんだ！　父上にもだ！」

「黙ってればいいんですよ。俺に続いてエイディまで女の子の家に入り浸《びた》ってるとか、あの母親が知ったら昇天《しょうてん》しちゃいますって。父上は気にしないでしょーそもそも」

兄の心配を先回りして潰《つぶ》したレイオルは悪戯《いたずら》っぽい笑《え》みを浮《う》かべた。苦虫《にがむし》を噛《か》み潰したような顔をしているだけでクラウから反論が出ないあたり、どうも的確な読みらしい。

レイオルがソファに座るエイディの前に立った。

「エイディ、やりたいようにやらせてやる。ただし、責任は自分でとること。あと、兄ちゃん達との約束も守ること」

「分かった」

「それともう一つ、特別に教えておいてやる。いいか、女が求めるのは安定した生活だ！」

「――は？」

居間の白けた反応にもレイオルは動じず、両腕《りょううで》を組んでエイディを諭す。

「クラウ兄上のような例外もある。が、愛は安定した生活の上で健《すこ》やかに実るものだ。分かるな？　お前はやればできる子だ」

「――うん、分かった。それは覚えとく」

「何の話してんだよこいつらは！」

ラヴィが部屋の隅《すみ》から喚《わめ》く。振り返ったのはレイオルだった。

「やあ、メロウちゃんの契約精霊《けいやくせいれい》だね。君は話が分かりそうだ、うちにも外聞があるから色々頼《たの》むよ」

「何をだよ、お前に頼まれることなんか何もないよ！」

「ちなみに俺の契約精霊は鷹《たか》。ウサギはきっと好物だ。外に出て会ってみようか」

「今すぐ帰れ！」

そう叫《さけ》んでラヴィはミミの後ろに隠れる。レイオルは意味深に笑って、クラウを見た。

「ってことでどうでしょう、兄上。俺が監視《かんし》役でしばらくエイディを見てるってことで」

「お前が何を考えているのか私にはさっぱり分からんが……まあ、お前達だっていつまでも子供ではないか。仕方ない、何かあったらすぐに言うんだぞエイディ」

そう言ってクラウはソファから立ち上がる。クラウがエイディの頭を一度だけ撫《な》でると、次にレイオルがエイディの髪《かみ》の毛をぐしゃぐしゃに混ぜた。エイディは首を竦《すく》めて笑っている。

エイディは愛されて育ったのだ。それが分かる光景だった。

(……お父様達、元気かしら。話も聞かずに、飛び出してきちゃったけど……)

不意にこみ上げた寂《さび》しさを、メロウは打ち消す。寂しがる資格はない。才能のない娘のために別の道を願う父親達の想《おも》いを踏《ふ》みにじって、メロウは精霊歌士を目指し、家を飛び出した。

「お騒《さわ》がせしました、メロウ嬢。失礼なことも申し上げたが、許して頂きたい」

目を逸《そ》らしていたメロウは、反応が遅れた。フロックコートを着直し、クラウとレイオルは帰り支度《じたく》を終えている。

「い、いえ……心配なさってのことだと、分かりますから」

「私は仕事があるので首都に戻《もど》りますが、レイオルはホテルにおります。何か困ったことがあれば私かレイオルに遠慮《えんりょ》なく連絡《れんらく》を下さい。住所と連絡先はこちらに」

そう言ってクラウは名刺《めいし》を差し出した。裏に綺麗《きれい》な筆跡《ひっせき》で、ムーサ学園都市にある一番大きなホテルとヒトライツ侯爵《こうしゃく》家、それぞれの住所と電話番号が書いてある。表にはクラウの名前と肩書《かたが》きが載《の》っていた。

「——議員……まだお若いのに、すごいですね」

「一年目のひよっこですよ。父親の七光りで当選したような若造ですから、まだまだです」

穏《おだ》やかに返すクラウは、思慮《しりょ》深い大人の笑みを浮かべていた。親が子に及《およ》ぼす苦労についてはメロウも身に染《し》みている。お愛想《あいそ》だけではない共感がわいた。

「頑張《がんば》って下さい、応援《おうえん》します」

「有り難《がと》う御座います。エイディを宜《よろ》しくお願いします——おや」

お辞儀をしかけたクラウが、食卓《しょくたく》テーブルに散乱している本に気付いて目を細めた。

「ダグ先生の本ですか、懐《なつ》かしい。私もムーサ音楽院でお世話になりました」

「ムーサ音楽院？」

反復したメロウに、本を手にしたクラウが不思議そうな顔をする。

「精霊《せいれい》歌の能力こそないお方ですが、ムーサ音楽院にこの人ありと言われた教授ですよ。特に野菜の分野では最高の先生でしょう。野菜を作られるのに、ご存知ないのですか？」

「ダグ先生、ムーサ音楽院をクビになったんですよ兄上。女王の野菜開発のごたごたで揉《も》めて隠居《いんきょ》したって話で……俺の代にはもういませんでしたから、知らなくても無理ないです」

「まさか。あれだけ優秀《ゆうしゅう》な方だ、女王の野菜開発に引き抜《ぬ》かれてもおかしくないのに……」

クラウとレイオルが苦い顔で続ける話を、メロウは呆然《ぼうぜん》と聞き入る。

（女王の野菜開発で、クビ……あの女のせいで、あの人……）

突き刺《さ》さる事実に、メロウの胸がきりりと音を立てて痛む。女王は他人だ、メロウが痛みを感じる必然性はどこにもない。関係ない。そう言い聞かせて、深呼吸を繰《く》り返す。

本を戻したクラウが、改めてメロウに向き直った。

「長居してしまいました、失礼します。──レイオル、行くぞ」

「はいはーい。俺はまた近いうちに会うと思うけど。屋根も天井《てんじょう》も修理した方がいいし」

そう言って、レイオルは言葉を切る。すれ違《ちが》い様《ざま》に身を屈《かが》め、メロウの耳元で囁《ささや》いた。

「──うちの弟と一緒《いっしょ》にいると、俺と同じ目に遭《あ》うよ、君」

「えっ……」

「嫌《いや》でも分かるよ。じゃ」

軽く片手を挙げ、レイオルはクラウに続く。

立ち尽《つ》くしたメロウが見送りを忘れたことに気付いたのは、裏口の扉《とびら》が閉まってからだった。


裏口から外を見たメロウは、やみそうでやまない雨に溜《た》め息を吐《つ》き、居間に戻った。ラヴィとミミは雨音を子守歌《こもりうた》にしてソファの上に丸まっている。ここ数日の作業で疲《つか》れているのだ。

だが、雨で作業ができないのは困る。

「土が湿《しめ》って助かるけど……このまま雨季に入ったらどうしよう。もう少しなのに」

「大丈夫《だいじょうぶ》だよ。雨が降りやすくなるのは来週からだって、貸本屋にあるラジオで聞いた」

メロウはエィディの真向かいにある椅子《いす》に腰を下ろして、食卓テーブルに置いてある図面を開いた。耕し終えた畑のために作った、簡単な野菜の配置図だ。

（雨さえなければ今日野菜を作って、持って行けたかもしれないのに）

一方で、これで何も変わらなかったら――という思いもある。首を振《ふ》ったメロウは、正面のエイディに意識を向けた。テーブルに積み上げた貸本を開きながら、エイディは何か熱心に書いている。

「何を書いてるの？」

「屋根の図面。俺、修理しようと思って」

驚《おどろ》いたメロウの前で、エイディは定規を使って図面を引いていく。

「――レイオルさんが家の修理はヒトライツ家が請け負《う》うって、この間……」

「うーん、でもさ。俺、自分でやれると思うんだよな。屋根の色も塗り替《か》えたいし」

「屋根の色まで？　どうして」

「店なんだから、やっぱ見栄《みば》えも必要だろ？　食欲《しょくよく》をそそるのは暖色系だけど、ここじゃ珍《めずら》しくない色だからモスグリーンとかどうかなって。木材が余ったら看板も作ろうかな。日替《ひが》わりメニュー書ける黒板とかもあったら便利じゃないか？」

メロウはしばらく、ぽかんとエイディを見ていた。その後で、じわじわと胸にくすぐったさと焦《あせ》りが滲《にじ》む。

「そ、そんな……そんなに、してもらうわけには……」

「……迷惑《めいわく》？」

エイディが上目遣《うわめづか》いでメロウをうかがう。メロウは何度も首を横に振った。エイディが少しだけ笑い返し、また図面に目を戻す。

いたたまれない気分になって、メロウはテーブルの下でスカートを指で摘《つま》んだり、引っ張ったりして俯《うつむ》いたままでいた。何を言えばいいか分からない。

小さくなっていく雨音の隙間《すきま》に、エイディが小さく呟《つぶや》く。

「……メロウってさ、俺にムーサ音楽院に戻れって言わないんだよな。俺はそれが嬉《うれ》しい」

「えっ？」

「メロウと一緒にいるの、楽しいよ。だから、俺にできることは手伝う」

エイディは積み上げた本を一冊取って、開いた。あまりに落ち着いた動作に、逆にメロウの方がゆで上がる。

「――やっぱりっ今から野菜、作ってみる！」

「え？　雨まだ降ってるんじゃ――」

窓を見たエイディは、晴れ間を目にして口を噤《つぐ》む。メロウはそのまま裏口から外に出た。

さあっと潮風が空の曇《くも》りを払《はら》い除《の》けていく。雲の隙間から差し込んでくる日光に反射して、空に橋がかかる――虹《にじ》だ。

（どうしよう。……私、こんなに野菜を作りたいって思ったこと、なかった）

いつから変わったのか、メロウは自覚している。エイディがメロウが作った野菜をおいしいと言ってくれた時からだ。

作りたかった。ラヴィにもミミにも――エイディにも、応《こた》えられる野菜を。

ポケットに入れっぱなしだったトマトの種を、用意しておいた畝《うね》に蒔《ま》く。何度もダグの本を読んで覚え込んだ手順の通りに土を被《かぶ》せ、メロウは雨上がりの空に息を吐き出した。

きっと歌える。きっと育つ。

メロウが自然に紡《つむ》いだのは、隠《かく》れて練習していた、エイディが入学式で披露《ひろう》した歌だ。負けず嫌《ぎら》いなメロウに同調して、ひょっこりとトマトの芽が地面から顔を出す。するすると、支柱に誘因《ゆういん》されて葉と茎《くき》が伸《の》びていく。

――ぱっと咲いた黄色い花は、ここで歌うのをやめると枯《か》れてしまうけれど。

風に任せず指で花を弾《はじ》き受粉させたメロウの前で、トマトの実が育っていく。メロウは光沢《こうたく》を増した赤い実に、思わず歌を止めた。

宝石みたいだ。雨上がりの優《やさ》しい日差しに照らされて、丸く光っている。

思わず一つ、手に取った。手触《てざわ》りが違う。一口だけ、食べた。

気付いたらメロウはトマトを両腕《りょううで》いっぱいに抱《かか》えて、居間に駆《か》け込んでいた。

「エイディ！　エイディ見て、ラヴィ、ミミ起きて！　これ、食べてみて！」

メロウは半月ぶりに、ダグの店の前に立っていた。

エイディもミミも、ラヴィもいない。一人でいい、自信があると言い切った。

野菜が入った袋《ふくろ》を抱《だ》き締《し》め、扉に手を伸ばす。店内に客はいない。一番奥のカウンターから、ダグがのそりと顔を出した。

「——何だ、またお前か。今度は泣き落としにでもきたのか」

「これっ見て下さい！」

メロウはカウンターに野菜を置いた。

深い赤に染まり、光沢を見せるトマト。ハリと艶《つや》を増した、濃《こ》い紫紺《しこん》色のナス。

ダグがわずかに瞠目《どうもく》したのを、メロウは見逃《みのが》さなかった。

「土作りから始めてみたんです。トマトは養分吸収が強いから、根が伸びるように土を柔《やわ》らかくして、水はけを良くして。ナスも石灰《せっかい》を撒いて土を作りました。トマトもナスも酸性に弱いから——あ、トマトは尻腐《しりぐさ》れしないように、石灰と肥料とを分けてます」

ダグはメロウが並べたトマトとナスを見つめたまま、黙《だま》っている。メロウはダグをしっかり見つめながら説明を続けた。

「ナスは堆肥《たいひ》を株元に置いて育てました。肥料も自分なりに工夫《くふう》して」

「——手を出せ」

説明を遮《さえぎ》ったダグに、メロウは迷った。だがそんなメロウを、ダグは睨《にら》む。

「とっとと出さんか！」

「は、はい」

カウンターに差し出したメロウの両手を、ダグは乱暴に引っ繰り返す。メロウの手の平は、お世辞にも綺麗《きれい》とはいえない有様になっていた。

潰《つぶ》れたマメの跡《あと》を見つめながら、ダグが溜め息を吐く。

「若い娘《むすめ》が鍬《くわ》を持って土いじりなんぞ——何故《なぜ》、ここまでする」

「へ、平気です。みんな……エイディだって手伝ってくれたし」

「あの若造か。あ奴《やつ》まで土いじりを？」

メロウは大きく頷《うなず》き返し、視線を落とす。

「それに……私、野菜しか作れないんです。精霊歌《せいれい》で」

自分の手を見つめながら、自然にメロウはそう答えていた。ダグが驚いた顔をしたのが、見なくても分かる。自嘲的《じちょう》な笑《え》みが、メロウの口元に浮《う》かんだ。

「あの女王の娘なのにおかしいでしょう？」

ダグは反応しなかった。ただじっとメロウを見つめて、確認《かくにん》する。

「——それは本当なのか」

「本当じゃなきゃ、私、こんなことしてません。でも、最近これでいいって思えるようになってきました。野菜しか作れない自分は嫌《いや》だけど……おいしい野菜を作れるのは、嬉しい」

偽《いつわ》りのない気持ちを、メロウは言葉に変換《へんかん》する。土を耕し、新しくできた野菜達の姿にメロウがどんなに嬉しかったか、伝えたかった。

世の中は精霊歌の能力だけで回っているわけではない。エイディの言葉は、正しい。

「私に、ダグさんの種と苗《なえ》を育てさせて下さい。お願いします」

誠意を込めて、メロウは頭を下げた。ダグはしばらくじっとメロウを見つめ――やがて静かに立ち上がる。

「お前の野菜畑に、俺を案内しろ」

「――成る程《ほど》な、素人《しろうと》にしてはよくやったと言ったところか」

ぐるりとメロウの畑を見渡《みわた》したダグの感想はそれだった。だが喜色を浮かべたメロウを、ダグは片目の一睨みで黙らせる。

「だがそこの畝の高さがそろっとらん。この列、やり直し」

「えっ」

「さっさとやらんか！」

怒鳴《どな》られ、メロウは慌《あわ》てて鍬を手に取る。屋根からエイディの声が降ってきた。

「メロウー手伝った方がいいかー？」

「う、畝の高さを同じにするだけだから、一人で大丈夫《だいじょうぶ》！」

屋根の上で金槌《かなづち》を持ったエイディが、メロウの答えに頷き返す。エイディは本当に屋根の修理を始めていた。ラヴィとミミは、裏口の扉《とびら》を開けっ放しにしてメロウを見守っている。

「――この配置は野菜同士の相性《あいしょう》が悪い、却下《きゃっか》だ。おい、鍬の持ち方が違《ちが》うだろうが！」

「えっ」

「大体何でそっち側に立っとる、お前右利《き》きだろう！　畝が左側になるように立て、ほれ」

メロウから取り上げた野菜の配置図を見ながら、鍬の持ち方から姿勢まで細かくダグは指示を出す。

畝の高さをそろえながら、メロウは懸命《けんめい》に鍬を振《ふ》るった。額から汗《あせ》が流れ落ちる。

「ナスとトマト以外は、どうした。この間はキャベツも持ってきとっただろう」

「えっ……お、おいしくなったと思うんですけど、そんなに見た目が前と変わらなくて……」

「当然だな。ここの土壌《どじょう》の性質と季節を考えれば、ナスやトマトの方が育ちやすい。だがここの土地でも年中育ちやすいよう品種改良された種なら、どの野菜でも大体うちにある」

メロウは思わず、顔を上げた。だがすぐにダグの檄《げき》が飛ぶ。

「作業を続けんか！　身体《からだ》で覚えるしかないんだ。……惣菜用なら甘味が強く臭《くさ》みを抑《おさ》えたニンジンがある。ニンジン好きの男が究極のニンジンを作ると研究しとったやつだ。お前は馬かとよくからかってやった」

ダグの話を黙って聞きながら、メロウは畝の高さを鍬で整える。終点はもうすぐだ。

「苦みが少ないピーマンもある。子供も食べられるようにと、妻にねだられて作った。娘もあれだけは残さず食べたな……」

終点に辿《たど》り着いたメロウは、鍬を下ろしてダグを振り向《む》く。ダグはメロウに顔を見せないまま、告げた。

「全部、お前にやろう」

「……い……いいん、ですか」

思わず尋《たず》ねてしまったメロウに、ダグは皮肉っぽく笑った。

「俺には精霊歌の能力がない。種はともかく、苗を枯らさず維持《いじ》するのも骨が折れる。この先、お前のように野菜を作ろうと意気込む若い連中と出会えるとも限らん」

「で、でも……」

「何を狼狽《うろた》えとる。お前はこれが欲しくて俺の店にやってきたんだろうが。それにな、この種も苗も、育ててもらうために作ったんだ」

ダグはメロウを、まっすぐに見つめた。深く年を刻んだ碧眼《へきがん》の目元が、少し緩《ゆる》む。

「腐《くさ》らせるわけにいかんだろう。全部タダだ。持っていけばいい。野菜の作り方も知識も叩《たた》き込んでやる——もう少しこの畑をまともにしてからだが」

「は——っはい！　有り難《がと》う御座《ござ》います！」

メロウは勢いよく頭を下げた。それ以外、言葉が見つからない。ラヴィを頭の上に乗せ、ミミが走ってきた。

「さすがだ、メロウ殿！　私は感動した！」

「お前が先に言うなよ、メロウの契約精霊《けいやくせいれい》はボクだぞ！……やったな、メロウ」

「うん——ラヴィもミミも、本当に有り難う！」

お礼を言って顔を上げたメロウの視界に、屋根の上にいるエイディの姿が自然と映り込む。何か言葉を投げかけようとして、やめた。エイディがメロウに背を向けて屋根を直しているのは、きっとメロウを信じてくれているからだ。

(ダグさんの種で作った野菜、一番に食べさせてあげよう)

あえて声をかけずに向き直ったメロウに、ダグが無言で懐《ふところ》から箱を取り出した。メロウは受け取って、その小さな箱を開く。小さな種が数粒だけ、入っていた。

「俺が改良したアネモネの種だ、それもくれてやる。不思議な色で咲《さ》くやつでな。研究途中《とちゅう》でできた半端《はんぱ》物だが、この世でそれだけしかない希少品だ、大事に扱《あつか》え」

「え……ど、どうして」

「予備学生の前期試験は、花だと聞いとる。このままだとお前、落第だろう」

メロウは種の一つをとって、まじまじと見つめる。ダグはつまらなそうに言い捨てた。

「生命力が強いから、お前のへっぽこ精霊歌でも咲くかもしれん。保証はないがな」

「さっきから気前いーじゃん、爺《じい》さん」

口笛を鳴らしたラヴィに、ダグはそっぽを向く。メロウは破顔した。

「私、頑張《がんば》ります！　出来上がった野菜とそれで作ったお惣菜も、持っていきますから！」

「わざわざいらん、俺は忙《いそが》しいんでな――野菜の話ならしてやらんでもないが」

「宜《よろ》しくお願いします！」

即答《そくとう》でメロウが頭を下げると、ダグはふんと鼻を鳴らして、背を向けてしまった。


メロウがエルダに呼び出されたのは、前期試験を再来週に控《ひか》えた日曜講義の後だった。

明後日《あさって》に店が開店するメロウは、落ち着かない気分で生徒指導室の椅子《いす》に座る。壁《かべ》にかけた時計と、今頃《いまごろ》大通りで試食を配ってくれているエイディ達が気になって仕方がない。

「あの……私、何かしましたか」

単刀直入に切り出すと、メロウの真正面の席に腰《こし》を下ろしたエルダが笑い返した。

「何かした覚えでも？」

「……ありません。講義も課題も抜き打ちの小テストも、きちんとやっているつもりです」

「そうだな、学科は非常に優秀《ゆうしゅう》で文句の付けようがない。ムーサ音楽院の首席が一緒《いっしょ》だと成績も上がりやすいだろうがね。――まず一つ。君の家は支援《しえん》不動産だ、住居人の変更《へんこう》届を提出してくれ。お役所体質のカーチスがうるさくてね」

クラウとレイオルの訪問以降、エイディがムーサ学園都市で休養しているというのは周知の事実として広まっていた。だからこそ出てくる話に、メロウは嫌味《いやみ》を聞き流して頷《うなず》く。

「分かりました。来週の講義の時でいいですか」

「ああ、頼《たの》んだよ。……それともう一つ。ダグ爺さんの種を手に入れたというのは、本当か？」

メロウは机の上に差し出された書類を手に取ろうとして、止める。エルダの顔を見ると、エルダはいつになく真剣《しんけん》にメロウを見ていた。

「──本当です。でも、どこからそんな話」

「私は精霊監察官《かんさつ》だよ。違法《いほう》営業や犯罪の疑いがある店の動向くらいチェックしている」

「違法営業って、私の店はまだ開店もしてないのに」

「ダグ爺さんの店は品種改良と称《しょう》して呪いの種を取り扱っているという噂《うわさ》がある」

勘違《かんちが》いを思わぬ方向で正されたメロウは、エルダを見た。エルダの顔にも口調にも、冗談《じょうだん》の色はない。

「知っているだろう、ムーサ音楽院に呪いの種を仕込んだ犯人はまだ分かっていない──反女王派ではないか、ということくらいしか」

「でも──だって、どうしてダグさんがそんな」

「反女王派は女王の政治改革で権力や金を失い、逆恨《さかうら》みしている連中だ。ダグ爺さんは女王の野菜開発にケチをつけた論文が原因で、ムーサ音楽院の教授をクビになっている」

知っていたはずの話が今、全く違う響《ひび》きをもって、メロウの不安を揺《ゆ》さぶる。

「優秀でも野菜が専門、しかも精霊《せいれい》歌の能力はない。あの店は財産を食いつぶしながらやってるんだ。妻や娘《むすめ》が亡《な》くなってからは、まるでしがみつくようにね」

「そ——んなの、言いがかりじゃないですか。何も証拠《しょうこ》がないです」

「君は女王の娘だ。国のためと言って母親に捨てられた娘。反女王派が持ち上げるプロパガンダとして非常に有効な駒《こま》だよ。そしてダグ爺さんには反女王派になるだけの動機がある」

メロウは手の震《ふる》えを止めるために握《にぎ》り締《し》めた。エルダは追及《ついきゅう》を緩めない。

「君にも動機がある。王女として何不自由ない生活を享受《きょうじゅ》できたはずなのに、というね」

「私はそんなもの欲しいなんて思ったこと一度もありません！」

思わず立ち上がったメロウを見上げながら、エルダは冷静に答えた。

「……捨てられたんだろう。精霊歌の才能がないから、そんな理由で。恨《うら》んで当然だ」

メロウは机の上にある書類を握り締め、震える声で、宣言した。

「ダグさんの種は、呪いの種なんかじゃありません。他《ほか》の野菜を枯《か》らしたりもしてないし、瘴《しょう》気《き》を出したりもしていません」

「擬《ぎ》態《たい》が得意な呪いの種だぞ。まだ未知数の部分も大きい。品種改良なんてものをされたらどうなっているか」

「あんな風に野菜を大事に育ててる人が、悪い人なわけがない!!」

メロウの悲痛な叫《さけ》びにエルダが押し黙《だま》った。メロウは一度、何かを飲み込んだ後で、静かに告げる。

「私はダグさんを信じます。変な言いがかりはやめて下さい」

「……私は監察官であり、教師だ。間違《まちが》うかもしれない生徒を正すのも、仕事だよ」

メロウは無言で鞄《かばん》を持って、部屋の出口へと向かう。エルダが前を向いたまま、呟《つぶや》いた。

「君に何かあれば、女王にも……ムーサ音楽院の首席にも、火の粉がかかるぞ」

背中でその言葉を聞いたメロウは、扉《とびら》を閉める。エルダはもう、引き止めなかった。

第四楽章

通りから店の飾《かざ》り窓を覗《のぞ》き込むと、丸いターンテーブルに乗ったキッシュが目に入る。次にその周囲に飾られた鮮《あざ》やかな野菜が、立ち止まった人を魅了《みりょう》するだろう。飾り窓から扉の方を見れば、日替《ひが》わりメニューが書かれた黒板が食欲《しょくよく》をそそる。

ベルを鳴らしながら扉を開けば、どこか懐《なつ》かしい雰囲気《ふんいき》の店内が見渡《みわた》せる。店主は白いエプロンを着けた、若い女の子だ。店の看板にマスコットキャラクターとして描《えが》かれている小さなウサギも、カウンターに乗っていらっしゃいませと素《そ》っ気なく声をかけてくれる。

銀の大きな器《うつわ》がいくつか並ぶ中央の陳列《ちんれつ》台では、キノコづくしの森のサラダや、トマトとバジリコのパスタ、赤ピーマンとニンニクにトマトを炒《いた》め煮《に》して溶《と》き卵で包んだオムレツが並んでいる。食べ歩き用にふかしたジャガイモや、鶏肉《けいにく》と一緒に蒸《む》したキャベツを挟《はさ》んだサンドイッチも用意してある。

店の名前は『ラヴィットレトゥール』――大通りから少し外れた、本日開店の惣菜屋だ。

からんからんと店のベルが鳴り、惣菜とキャベツが入った紙袋《かみぶくろ》を持った婦人が出て行く。

下げ続けていた頭を、メロウはそっと上げた。メロウが新しく縫《ぬ》った黒のベストを着て頭を下げていたラヴィも、耳をぴょこんと立て直す。

「……売れたわ」

「売れたね」

「売れたなー」

「売れていった」

樫《かし》のカウンターから様子を窺《うかが》っていたエイディも、尻尾《しっぽ》を横に倒《たお》したミミも、メロウの言葉を反復する。夢ではない。

感極《きわ》まったメロウは、ラヴィを力一杯《ちからいっぱい》、胸に抱《だ》き込んだ。

「やった！　やったわ、ちゃんと売れた！」

「くっ苦しいってメロウ！」

「やったなーメロウ。この調子で売れるといいな」

エイディがカウンター越《ご》しに身を乗り出した。ラヴィを放したメロウは頬《ほお》を紅潮させる。

「試食品が美味《おい》しかったから来たって言ってたの！　効果あったんだわ、嬉《うれ》しい！」

「ボク、あの時は子供に耳、引っ張られて大変だったよ……」

ラヴィが長い耳を垂らす。ミミはカウンターの内側でしょんぼり項垂《うなだ》れた。

「私は顔を見て泣かれてしまった……笑いかけたつもりだったのだが」

「……そりゃ、オオカミだし……」

「有《あ》り難《がと》う、ラヴィもミミもエイディも！　みんな手伝ってくれたおかげだわ。そうだダグさんにも改めてお礼言いにいかなきゃ！　今度は試食品じゃなくてちゃんと商品と、野菜」

「開店したばっかりだよ、主人がばたばたしない！　しかも来週末が前期試験だろ！」

ラヴィの叱咤《しった》に興奮していたメロウは動きを止める。エイディが笑った。

「でもあの爺《じい》さんと話すの楽しいよな。色々知ってるだろ、俺がムーサ音楽院から逃《に》げた時の壁《かべ》の穴も知ってた。本人も謎《なぞ》めいてるしなーあの片目とか、首から下げてる金の鍵《かぎ》とか」

「……そういう詮索《せんさく》は私、しないことにしてるの」

神妙《しんみよう》に答えたメロウに、エイディはふぅんと返してから、カウンターを出る。

「俺、店番手伝うよ。忙《いそが》しくなりそうな気がする」

「うむ、私も手伝おう」

「えっ……でも」

「――その代わりと言っては何だが、頼《たの》みたいことがあるのだメロウ殿……」

カウンターから顔だけ出して、ミミが控《ひか》え目に口を開く。ミミが何かを要求するのは珍《めずら》しい。

「……私にも、メロウ殿のようなひらひらした可愛《かわい》いエプロンを作ってもらいたい」

新しいエプロンを凝視《ぎようし》していたミミをメロウは思い出す。思わず笑ってしまった。

「分かった、まかせて。おそろいにしようね」

「本当か⁉　是非《ぜひ》、お願いしたい」

ぱたぱたと嬉しそうに揺れるミミの尻尾を見ながら、エイディが手を上げた。

「じゃあ俺も欲しい。ラヴィとおそろいで、黒いエプロンとか？」

「お前とおそろいなんてボクは嫌《いや》だよ！　お前だって嫌じゃないのかよ⁉」

「あの、すみません」

「あっいらっしゃいませ！」

ベルの音と一緒《いっしょ》に入ってきた新しい客に、メロウは笑顔《えがお》で振《ふ》り向《む》く。

開店したばかりの店内が賑《にぎ》わうのに、そう時間はかからなかった。


「だから……そのボンクラは駄目《だめ》だって、メロウ……」

ラヴィの声に、メロウは帳簿《ちょうぼ》をつけていた手を止めた。メロウのベッドに置かれた編み籠《かご》の中で、ラヴィは小さく丸まったままだ。机のランプが灯《とも》っているだけの薄暗《うすぐら》い部屋でそれを確《かく》認《にん》して、メロウは苦笑《くしょう》し、机の上の帳簿に目を戻《もど》す。

開店してから約十日、店の売り上げが徐々《じょじょ》に上がっているのがはっきり分かる。この調子でいけば二ヶ月後には、開店資金を取り戻して生活に余裕《よゆう》ができるかもしれない。

（問題は明日の前期試験か……）

帳簿を閉じて、メロウは机の引き出しからダグの種を取り出した。種の数が少ないので練習では他《ほか》のアネモネの種を使ったが、どれもメロウの精霊《せいれい》歌で花は咲かなかった。試験に使える種は一粒《ひとつぶ》だけという決まりだ。ぶっつけ本番で、これに賭《か》けるしかない。

「メロウ、起きてるか？」

扉の向こうから、ノックと一緒にエイディの声が聞こえた。ランプを消そうとしていた手を止めて、メロウは扉の内鍵を開ける。

寝間《ねま》着《き》姿のエイディが、一人で立っていた。

「──どうしたの、こんな時間に。ミミは？」

「寝てる。最近ずっと店番やってたし、疲《つか》れてるみたいで──ラヴィは？」

「寝てるけど……」

「じゃあ丁度良かった。メロウ、ちょっと──いいもん見せるからさ」

「こんな時間に？　どこ行くの」

首を傾《かし》げたメロウに、エイディが悪戯《いたずら》っぽい笑顔で上を指した。

「屋根の上。修理、終わったから」

自慢《じまん》ではないが、メロウの運動神経は良くない。台を置いて天窓から顔を出したものの、どうすればいいか分からず固まったメロウを、先に屋根に上がったエイディが軽々と引っ張り上げてくれた。

それでも足元が屋根だと思うと座り込んで動けないメロウに、立ったままエイディが前を指す。

「ほら、見てみろよメロウ」

エイディの声に釣《つ》られて顔を上げたメロウは、そのまま息を呑《の》んだ。

満天の星と温かい街灯がそれぞれ煌《きら》めいて、目の前に広がっている。宝石箱を引っ繰《く》り返したような夜の空に、メロウの身体《からだ》の力が抜《ぬ》けた。

「綺麗《きれい》……」

「だろ？　ここって高台の方だから、街全体が見渡せるんだ。海も見える、ほら」

促《うなが》されてメロウは視線を動かす。潮風が薫《かお》る夜の海の上で、月が静かに浮かんでいた。

今夜は満月なのだ。地上を見守る月を見上げて、メロウは呟《つぶや》く。

「屋根の上からこんな風に見えるなんて、知らなかった」

「メロウは一生懸命《いっしょうけんめい》で足元ばっかり見てること、多いからさ」

メロウがエイディを見上げると、エイディは隣《となり》にすとんと腰《こし》を下ろした。

「明日、前期試験だろ。店も忙しかったし、メロウ、疲れてないか？」

「大丈夫《だいじょうぶ》。頑張《がんば》るから……ダグさんの種だってあるし」

反射的にそう答えたメロウの頬を、夜風がからかうようにくすぐった。エイディから顔を背《そむ》けて、メロウは少しだけ、素直《すなお》に追加する。

「……本当は、行きたくないなって思うこともあるけど」

「そうなのか？」

「でも、逃げちゃ駄目だと思う。多分、癖になるから」

エイディが紺碧《こんぺき》の目を瞬《またた》く。メロウは目に染《し》みるような星空を見つめて、風に乱れたガウンを羽織り直した。

「有り難《がと》うエイディ、気を遣《つか》ってくれたんでしょ。他にも色々……畑もお店もいっぱい手伝ってくれて、本当に感謝してる。試食品を配るのも私一人じゃ手が回らなかったもの」

「何言ってんだよ。あの爺さんから種をもらってきたのは、メロウじゃんか」

でも、ダグを説得する野菜を作る為の重労働だって、手伝ってもらった。皆《みな》で一緒に耕した畑を見下ろしてそう言おうとしたメロウの横で、エイディが微笑《ほほえ》む。

「一番頑張ったのはメロウだよ。メロウはきっと、いい精霊歌士になる」

どきりとメロウは胸を鳴らし、エイディの顔を見つめた。

昼間の海と空を混ぜた色をしたエイディの瞳《ひとみ》は、夜でもきらきら輝《かがや》いて見える。その輝きの奥に、メロウが映っていた。

顔から火を吹いたメロウは、火照《ほて》りを隠《かく》すために両肩《りょうかた》を竦《すく》めて縮こまる。考えがまとまらない頭で、必死に話題を探した。

「そっ——そういう、エイディは、精霊歌士にならないの？」

「俺？　俺は……まず、寝てたい。最近よく起きてると自分で思う。俺が昼に起きてるなんてあり得ない」

いつものエイディに、メロウは少しほっとして、笑い返した。

「じゃあ、寝る以外に何かないの？　やりたいこととか、夢とか」

「夢？　夢なら俺、あるんだ」

一面の星空に両手を広げ屋根に寝転《ねころ》がって、大事な秘密のようにエイディは呟いた。

「精霊歌がいらない世界が見てみたい」

——それはこの世界の全《すべ》てを否定し覆《くつがえ》す、恐《おそ》ろしい夢だ。

だがメロウは、不思議と畏《おそ》れを抱《いだ》かなかった。むしろ、エイディの夢を聞いていたい気持ちに駆《か》られた。エイディは子供みたいな顔で、夢を見ている。

「ずーっと昔はさ、精霊歌なしで草が生えて、花が育って、木が育ったんだろ？　俺はそういう世界が見たい。そこで植物を育てるんだ——歌だって好きなだけ、自由に歌ってさ……」

星の欠片《かけら》みたいに輝いていた瞳が、不意に暗く堕《お》ちる。

メロウは黙《だま》って、エイディの顔を見つめていた。

——エイディは本当は、自由に歌っていたいだけの、ただの人間なのだ。

ただ彼の歌は精霊歌としてあまりにも優秀《ゆうしゅう》すぎて。人だけではなく植物でさえも、もっと聞

かせてくれとせがむほど、素晴《すば》らしすぎて――世界に、愛されすぎて。

「……そうだね。私も、そんな世界があるなら見たい」

メロウの答えに、エイディが虚《きょ》を衝《つ》かれたように上半身を起こした。孤独《こどく》を縁取《ふちど》ったその表情に、メロウは精一杯《せいいっぱい》優《やさ》しく微笑む。

「どうしたの、そんな顔して」

「メロウは言わないんだな。天才のくせに、なんでそんなこと言うんだって」

――女王の娘《むすめ》のくせに。

頭の中で響《ひび》いた言葉に、メロウは一瞬《いっしゅん》怯《ひる》んだ。エイディもメロウと同じような言葉を浴びてきたのだということに、初めて気付いた。

それでもエイディはまっすぐ歌うのだ。その事実が、差が、メロウの胸を軋《きし》ませる。

だが今は、その痛みを無視した。今だけでも、エイディのためにと思った。

「言わない。だって素敵《すてき》じゃない」

そんな世界は失われてしまった。だからこそ輝く幻《まぼろし》を、メロウは想像する。

「でも精霊歌が必要なくなったら私は精霊歌士になれなくて、困るかも」

「――メロウさ。いつか俺に、子守歌《こもりうた》歌ってよ」

びくりとメロウの肩《かた》が、無意識に震《ふる》えた。エイディは気付いているのかいないのか、穏《おだ》やかにメロウを見つめて願う。

「きっとメロウの子守歌なら、俺、いい夢が見られると思うから」

エイディは、自分の夢が途方《とほう》もないことを知っている。

だがメロウは、エイディの願い事に頷《うなず》けず、唇《くちびる》を噛《か》み締《し》めた。そんなメロウを問いただすこともなく、エイディは夜空を黙って見上げていた。


精霊歌で大切なのは、心だ。

だからメロウは歌う。精一杯心を込めて、歌う。

防音のきいた部屋で、試験官のカーチスとエルダが、そんなメロウを見ていた。

中央の机にある小さな鉢《はち》には、雑草を植えられた。精霊歌の制御《せいぎょ》力を測るためだ。メロウは鉢に入れたたった一粒《ひとつぶ》のアネモネの種だけを、咲かせなければならない。

歌は得意なものを選んだ。一音も外さず旋律《せんりつ》をなぞれる。歌詞の解釈《かいしゃく》も研究した。寝物語《ねものがたり》のように、植物に語り聞かせるために。

(大丈夫、きっと私は咲かせられる——昔、できたんだもの)

ゆっくり開いたメロウの瞳に、種が芽吹《めぶ》く姿が映った。

信じられない思いで、メロウはそれを凝視《ぎょうし》する。動揺《どうよう》して音を少し、外した。

それでも確かに紫《むらさき》の花弁を薄《うす》く開いて、アネモネの花が咲く。

「──歌を止めて下さい、試験は中止です。不正行為だ」

カーチスの厳しい制止がかかった。驚《おどろ》いたメロウは歌うのをやめて、顔を上げる。

「どうしてですか！　折角《せっかく》咲いたのに」

「貴方《あなた》、この種をどこで手に入れましたか」

答えようとして、メロウは気付いた。花に集中していて気付かなかった。

鉢に植えられていた雑草が、枯れている。

「──呪いの種だ。女王の娘の不正、嗅《か》ぎつけられれば反女王派が諸手《もろて》を挙げて喜ぶ」

メロウから目を逸《そ》らしたエルダが呟く。

呪いの種。それは殺された契約精霊《けいやくせいれい》の姿だ。精霊歌でない歌でも芽吹き、周囲の植物を枯らしながらなれの果てへと育つ、禁断の種。

「もう一度聞きます、メロウ・マーメイドル。貴方はこの種をどこで手に入れましたか。返答によっては、貴方を拘束《こうそく》することになります」

紫のアネモネを象《かたど》ったなれの果てが、メロウを嘲笑《あざわら》うように咲いている。


混乱したメロウができるのは、分からないと言い続けることだけだった。

実際どういうことなのか、知りたいのはメロウの方だ。メロウはダグからアネモネの種をもらった。それは間違《まち》いない。間違いないが、そう言えばどうなるのか、エルダのあの蛇《へび》のような目を見れば火を見るより明らかだった。

（言えない——迷惑《めいわく》、かけられない。だって野菜は何も問題なかった。でも、どうしたら）

生徒指導室に閉じ込められて、数時間たっている。エルダを押しのけメロウの尋問《じんもん》を自ら引き受けたカーチスは、先程《さきほど》呼び出されて出て行ったきり、戻《もど》る気配がない。

（……帰れるのかな、私）

白い壁《かべ》に囲まれた空間で、時計の針の音だけが響いている。

「——失礼しますよ。クレメン先生と交替して頂きました」

メロウは、新しい訪問者に顔を上げる。初老の落ち着いた声に、聞き覚えがあった。

「ビル・ハッフルと申します。ムーサ音楽院の学長代理を務めている者です」

ムーサ音楽院の入学式で見た顔だ。帽子《シルクハット》を外し、杖《つえ》を腕《うで》にかけて、ビルが恭《うやうや》しく頭を下げる。

メロウも慌《あわ》てて、頭を下げた。

メロウの真正面にある椅子《いす》に優雅《ゆうが》に腰《こし》を下ろしたビルは、じっとメロウを見つめ、切り出す。

「一切《いっさい》の事情を問わず、貴方を無罪放免《ほうめん》にする用意がこちらにはあります」

てっきりまた尋問が始まるものだと思っていたメロウは、戸惑《とまど》いを隠せなかった。

ムーサ音楽院は、なれの果てが育つよう仕組んだ犯人の割り出しに行き詰《づ》まっていると、新聞で読んでいた。その嫌疑《けんぎ》をかけられてもおかしくない状況《じょうきょう》なのに、どういうことだろうか。

そんなメロウの困惑《こんわく》を読み取ったように、ビルは丁寧《ていねい》に答えを教えてくれる。

「その代わり条件があります。――ムーサ音楽院に戻るよう、エイディ・ヒトライツ君を説得して頂きたい」

扉《とびら》を開けて紅茶を運んできたのはエルダだった。だがメロウと交《か》わす言葉などあるわけもなく、エルダはメロウを値踏《ねぶ》みするように目を細めて、すぐに出て行ってしまう。

唇を軽く噛んだメロウは、紅茶に手を付けず、先に切り出した。

「私は、何にもしてないんです。なのに、条件なんて突然《とつぜん》言われても……」

「エイディ君がムーサ音楽院に戻ってくれるのであれば、貴方をムーサ音楽院の生徒として推薦《すいせん》入学させることも可能です。先程、先生方にもそう話しました」

ぎょっとしてメロウはビルを見た。だがビルの顔に迷いはない。

「う……裏口入学させるって、ことですか。そんな」

「そういう意味ではありませんよ。色々調べさせてもらいました。貴方はあの女王の娘だ」

顔を険しくしたメロウに、あくまでビルは優しく答えた。

「そんな貴方が野菜だけしか作れないなど、あり得ないことです。貴方の作る野菜は品質が良いとも聞いています。だとしたら何かに躓《つまず》いているだけでしょう。私はそんな貴方のお手伝いもしたいんですよ」

ビルの目には真摯《しんし》な光が宿っているように見えた。何を信じればいいのか分からず俯《うつむ》いたメロウに、ビルは問いを重ねる。

「エイディ君の歌をお聴《き》きになったことはありますか？」

「あ、あります。ちゃんと聞いたのは、入学式くらいですけど……」

「たった一度でも十分でしょう。どうでしたか」

誤魔化《ごまか》しのきかない問いかけ方が、大人だった。そう答えればこれから先、何を言われるのか分かるのに、メロウはそうとしか答えられない。

「——素晴らしいと、思います」

「なら、私が貴方にかかる疑いを有耶無耶《うやむや》にしてでも、エイディ君をムーサ音楽院に望む理由がお分かり頂けると思います。私は彼に、ムーサ音楽院で教育を受け、その才能を伸ばし、ミュズラム王国に貢献——いや、ミュズラム王国を救う王になって欲しい。彼の歌には、枯れ果てたこの大地にどんな物でも実らせる力がある」

メロウはじっと俯いたまま、ビルの言葉を聞いていた。

分かっていた。エイディの歌がもたらす実りは、どれも美しく豊かだ。花は息をするように鮮《あざ》やかに、木は時間を忘れさせるほど温かく育つ。

きっとエイディが作れば、野菜だって素晴らしい。メロウよりも、ずっと。

自分が目を逸らしていたことに、メロウは気付いてしまう——できるならずっと、気付きたくなかったのに。

「このままでは貴方とエイディ君が共倒《ともだお》れになる。私は、それを避《さ》けたいのです。だからこの話を受けて頂けませんか。レイオル君からも貴方の話は聞いています。貴方の言葉なら、エイディ君は聞き入れてくれるのではありませんか」

そうだろうか。メロウがムーサ音楽院に入りたいと、だから戻ってくれと、メロウが本気で願ったら——エイディは何と、答えるだろう。

(でも私はどっちにしたってエイディの、おまけ)

それでもメロウは精一杯《せいいっぱい》、胸を張った。

「……取引には応じられません。そもそも私は、何もしてないんです」

強張《こわば》りが解けない声で、メロウは繰《く》り返した。そうしなければ、自分が自分でいられない気がした。

ビルの表情は穏《おだ》やかなままだ。身を強張らせているメロウを労《いたわ》るように、柔《やわ》らかく頷《うなず》く。

「分かりました。急な話でしたし、今は引き下がりましょう。それに、貴方があの店をやっていきたいのであれば、エイディ君を手放したくはないでしょうから」

思いもよらない言いがかりにメロウはやっと顔を上げた。椅子から静かに立ち上がったビルの悲しそうな目と、メロウの視線がかち合う。

「私は、そういうつもりじゃ」

「ええ、貴方《あなた》はそう言うでしょうメロウさん。ですがこのまま貴方がエィディ君と一緒《いっしょ》にいるということは、そういうことですよ」

憐《あわ》れみを織り交ぜた瞳《ひとみ》でメロウを一瞥《いちべつ》し、ビルは席を立った。帽子《シルクハット》と杖を取り、ポケットの中身をビルは確かめる。金色の鍵《かぎ》が照明に反射し、メロウは思わず目を瞑《つぶ》った。

「よく考えて下さい。エィディ君にもそう伝えて欲しい。貴方達が才能に潰《つぶ》されずに生きていくにはまだ若すぎる。手段を選んでいられるほど、世の中は甘くない」

詭弁《きべん》だ、と笑うことはできなかった。エィディを連れ戻したいが故《ゆえ》の、エィディという天才を縛《しば》り付けたいが故の、誤魔化しだ――と言えるものなら言いたかった。

「今のままでいいのかと、自分に、エィディ君に問いかけて下さい。少なくともエィディ君は頭がいい、分かるはずです」

貴方が分からなくても、という残酷《ざんこく》な言葉を残して、ビルは礼をする。

扉を開いた先に、カーチスが立っていた。目礼し合い、ビルと入れ替《か》わりに指導室の中を覗《のぞ》き込んだカーチスは、座ったままのメロウに声をかける。

「これ以上は時間の無駄《むだ》です。帰りなさい。呪いの種の件は無闇《むやみ》に口外しないように」

「え……でも」

「試験で同じ土に他《ほか》の植物が生えているのに、呪いの種を芽吹《めぶ》かせる馬鹿《ばか》はいない。そんな馬鹿がいるとしたら、騙《だま》された馬鹿だけだ。それが私の説ですが」

扉も閉めず、カーチスは言いっ放しで踵《きびす》を返した。座ったままメロウは、扉の向こうにある窓を見る。

昨日はあんなに星が綺麗《きれい》だったのに、それを忘れた空が曇《くも》り出していた。

予備学院の出口に向かうメロウに、皆《みな》の視線が突《つ》き刺《さ》さる。不正行為《こうい》の疑いをかけられ試験を中断されたことがもう噂《うわさ》になっているのだと分かる、そんな目ばかりだった。

重くなる曇天《どんてん》の空の下に足を踏《ふ》み出そうとして、メロウはふと他の女の子達と歓談《かんだん》しているリーリに気付いた。リーリもメロウに気付く。だがすぐに目は逸《そ》らされた。彼女はもう、それを躊躇《ちゅうちょ》しない。

——どうせ女王の娘《むすめ》だから、不正したって無罪放免でしょ？

耳に飛び込んだ悪意が、メロウの身体《からだ》をそのままの形で凍《こお》り付かせた。

——あの子、ムーサ音楽院の首席のお気に入りなんだって。どこで取り入ったか知らないけど、ずるいよね。そういえばあの子の店、最近評判になってるけどどうなの。本当にあの子が野菜を作ってるの？

そんなの、ムーサ音楽院の首席に作らせてるに決まってるじゃない。

「——っ」

目をきつく閉じ、メロウは足を無理矢理《むりやり》動かした。早く帰らないと、雨が降ってしまう。湿《しめ》って重い空気のせいで、呼吸がしにくかった。

ビルは言った。エイディを説得すれば、助けてやると。

同じ学生達は笑う。女王の娘だから、助けてもらえるのだと。

(私は誰《だれ》にも、助けてもらったりなんかしない――ムーサ音楽院にも、母親にも)

大丈夫《だいじょうぶ》だと、言い聞かせた。自分は大丈夫。こんなことで挫《くじ》けたりしない。呪いの種は何かの間違《まちが》いだ。あんなに野菜を大事にしていたダグが、メロウを騙すはずがない。メロウが野菜しか作れないから、話がややこしくなっているだけだ。メロウは何もしていないのだから、毅《き》然《ぜん》としていればいい。いずれ誤解は解ける。

ビルの取引も仕方がないことだ。エイディが希代の天才だということは、メロウも認めている。あの能力をムーサ音楽院が評価するのは当然なのだと、分かっている。

メロウだって頑張《がんば》れば報《むく》われる。どうしてだか今は野菜しか作れないけれど、努力はメロウを裏切らない。

きっと、いつかきっと――メロウだって、エイディみたいに歌える日がくる。

雨がぽつりと一粒《ひとつぶ》だけ頰《ほお》に落ちたところで、メロウは家に辿《たど》り着いた。正面は店の出入り口だから、裏口へと回る。音を立ててメロウの背後で雨が降り出した。

退路を断たれた気分で、メロウは裏口の扉《とびら》を押し開いた。ただいま、と明るい声を絞《しぼ》り出す。

全《すべ》ての扉を重く感じた。明かりのついた居間へ向かう足も、上手《うま》く動かない。

「メロウ、おかえり。雨、間一髪《かんいっぱつ》だったね」

「今、迎《むか》えに行くべきかラヴィ殿《どの》と話していたところだ」

黒白の駒《こま》を並べた盤面《ばんめん》に向き合いながら、ラヴィとミミが顔を上げる。どうやら勝負は椅子《いす》に行儀《ぎょうぎ》良く座っているミミの方が優勢なようだった。

「ラヴィ殿、次はここだ」

「あーくそっ！……あのさあ、もうやめない？置くのも引っ繰り返すのも全部ボクがやってるじゃん。疲《つか》れるんだけどこのやり方。メロウ、手伝ってよ」

律儀《りちぎ》にミミが示した場所に黒い駒を抱《かか》えて運んだラヴィに見上げられ、メロウは手を伸ばし、盤面を黒に染めていく。

「試験、どうだった」

ラヴィが何でもないことのように聞いた。ミミがちょっと緊張《きんちょう》しているのが伝わる。契約精《けいやくせい》霊《れい》達の気遣《きづか》いに、メロウの口元が緩《ゆる》みかけ、すぐに強張った。

――盤面が置かれたテーブルに花瓶《かびん》があった。今朝《けさ》はなかったものだ。

その花瓶には、色鮮《いろあざ》やかなアネモネ達が活《い》けられている。

「メロウ、帰ってたんだ」

廊下《ろうか》からエイディの声が聞こえた。メロウは振《ふ》り向《む》かないまま、唇《くちびる》だけを動かす。

「ああ、メロウが練習用にたくさん用意してた種だよ。駄目《だめ》になりそうだったから、咲かせといた。もったいないし、可哀想《かわいそう》だし……折角《せっかく》メロウが選んだいい種なんだしさ」

何か言わなければならないと思った。なのに唇は小刻みに震《ふる》えるだけで、言葉が出ない。

「でも張り切って作りすぎちゃってさー、まだ庭にもたくさん残ってるんだよな」

アネモネの花に透《す》けて、歌うエイディの姿が見える。

嬉《うれ》しそうに花達が咲く。耳を塞《ふさ》がなければならない、聞いてはいけない。

エイディの歌を、聞きたくない。

「……この、アネモネ……」

「いっそ店のサービスで配ってもいいんじゃないかって思うんだけど」

「――エイディ、貴方《あなた》はムーサ音楽院に戻《もど》るべきだと思う」

メロウは振り返った勢いで、エイディを仰《あお》ぎ見た。

突然《とつぜん》の話に、ラヴィとミミが互《たが》いの顔を見合わせる。エイディはきょとんとメロウを見下ろしてから、紺碧《こんぺき》の瞳をゆっくり眇《すが》めた。

「……メロウ？　何言い出すんだよ、いきなり」

「エイディはまだムーサ音楽院の生徒なんでしょう。戻って勉強すれば、もっとエイディは色んなことができるようになる。私なんかよりもっと……その方が絶対、貴方のためになる」

「……試験、駄目だったのか？」

静かにエイディが尋《たず》ねた。メロウは無理矢理顔を上げて、エイディを睨《にら》む。

「……それとは今、関係ない話をしてるの」

「関係なくないだろ。だって昨日まで、メロウはそんなこと言わなかった」

「言わなかっただけよ。ずっと考えてたし、それに――疑われてるの、私。お店の野菜は私が作ったものじゃないんじゃないかって」

「何だよそれ。誰がそんなこと――大体、メロウ以外の誰が野菜を作って」

途中《とちゅう》で気付いて黙《だま》るエイディの勘《かん》の良さに、メロウは思わず笑ってしまった。

「分かるでしょう？　エイディとこのまま一緒にいたら、私、疑い続けられちゃう。職業実績も成績に関《かか》わるから、困るの。それに、約束だったでしょう。主人は私、貴方は居候《いそうろう》。私の邪魔《じゃま》になるなら、貴方には出て行ってもらうって」

エイディに出て行けと暗示したメロウに、ラヴィとミミが固唾《かたず》を飲《の》む。

しばらく黙っていたエイディが、腰《こし》を落とし、両膝《りょうひざ》を床《ゆか》に突いた。俯《うつむ》いたメロウの顔を下から見て、落ち着いた声で尋ね直す。

「――なあ、メロウ。本当は何があったんだ？」

「何って……言った通りよ。疑われたの」

「それだけじゃないだろ。だってメロウは、そんな疑いをかけられたって自分がしっかりすればいいって頑張ろうとするじゃないか。俺達が心配になるくらいに」

エイディの断言にメロウの心が震えた。

そうだ、さっきまでそう思っていた。自分が毅然としていればいいだけだと。

(でも、だって、エイディが――エイディのためなのに)

それの何が悪い。悪くない――自分は何も、悪いことはしていない。

「なあメロウ、何があったんだ。俺、メロウの力になりたい。それとも俺じゃ、頼《たよ》りにならないか?」

違《ちが》うと、首を横に振ろうとしてメロウは気付いた。

エイディの綺麗な瞳《ひとみ》の中に、メロウの歪《ゆが》んだ顔が映っている。

堪《たま》らなくなった。きつく目を閉じたメロウは、顔を背《そむ》けてはっきりと告げる。

「――出て行って」

「メロウ」

「お願い、出て行って!　私は」

メロウの叫《さけ》びを、乱暴なノックが遮《さえぎ》る。裏口の方だ。

「……私、出てくる」

その場から逃げ出したい一心で、メロウは立ち上がったエイディの横を擦《す》り抜《ぬ》け、居間から廊下へと出る。メロウの後を追いかけてきたのは、ラヴィだった。

「メロウ、いきなりどうしたんだよ」

「どうって？　ラヴィだって、最初は反対してたじゃない。最初から私が間違ってたのよ。エイディといれば余計、周囲から色眼鏡で見られるって気付きもせずに……」

ラヴィが黙り込んだ。メロウもそれ以上は説明せず、乱暴に叩《たた》かれる裏口の内鍵《うちかぎ》を開け、訪問客の対応を優先する。

「あの、何か……」

出迎《でむか》えたメロウの眼前に突《つ》き出されたのは、白い一枚の書類だった。

分かりやすく一番上に印字してある表題は——捜索《そうさく》差押許可状。

罪状は精霊《せいれい》歌士法違反《いはん》、違法営《いほう》業の疑い。宛先《あてさき》は『ラヴィットレトゥール』。

店への強制捜査《そうさ》だ。ざっとメロウの頭から血の気が引いた。同じ服を着た屈強《くっきょう》な男達が、ずらりと並んでメロウを見下ろしている。

「畑と店舗《てんぽ》部分、物置小屋が捜索場所です。店の扉を開けて下さい」

「ちょっ——待って下さい、一体何ですかこれ」

「説明は私がしよう。先に畑の方を掘《ほ》り返してくれ、種があれば見逃《みのが》すな」

男達の後ろから出てきたのはエルダだった。メロウは示された捜索差し押さえの許可状を握《にぎ》り締《し》め、立ち尽《つ》くす。

エルダはそんなメロウを憐《あわ》れむように見据《みす》えた。

「学長代理の取引に応じなかった君に敬意を払《はら》って答えよう。ダグ爺《じい》さんが姿をくらました。

君の不正事件があった途端《とたん》だ。手がかりがあるとすれば、もうここしかない」

「不正事件？　あの爺さんがいなくなったって……何だよ、何があったんだ」

詰問《きつもん》するラヴィに一瞥《いちべつ》もくれず、エルダは一度だけ目を閉じた。

「あの学長代理が君を締め上げる前に私が指揮をとるのが、精霊監察《せいれいかんさつ》官の私にできる最善だ」

「なっ……やめて！」

ナスの支柱を力任せに倒《たお》す男に、メロウは悲鳴を上げる。雨の畑に飛び出ようとして、誰《だれ》かに身体《からだ》ごと押し止《とど》められた。それでもメロウは手を伸ばして夢中で叫ぶ。

「やめて、やめて下さい！　私は何もしてないんです――私は何もしてないのに！」

「メロウちゃん、落ち着いて。邪魔したら公務執行妨害だ」

「メロウ、どうした⁉　……レイオル兄ちゃん」

居間から異変を察して飛び出してきたエイディの声で、メロウは自分を止めた相手がレイオルだと知る。レイオルが静かにエイディに顔を向けた。

「ムーサ音楽院に戻れ、エイディ。学長代理もお前を心配して、学長室で待ってるそうだ」

「は？　何でいきなり……何だよこれ、何してんだ⁉」

荒《あ》らされていく畑に気付いたエイディが、メロウの後ろから怒鳴《どな》る。目の前の惨状《さんじょう》を見ているメロウの身体を優《やさ》しく一度だけ叩いて、レイオルがエイディを見据えた。

「お前がそんなに動揺《どうよう》するのも珍《めずら》しいな」

「俺だって畑耕したんだよ、手伝ったんだ！　当たり前だろ！」

「その台詞《せりふ》は聞かなかったことにしてやる。二度と言うな」

明日収穫《しゅうかく》するはずだったカブの葉が引き抜かれ、ジャガイモが掘り返される。畝《うね》が踏《ふ》み荒らされ、キャベツがゴミのように放《ほう》り投げられた。

力をなくして座り込んだメロウから、レイオルが手を離す。

「お前の将来に傷をつけるわけにいかない。お前はこんな店とは、何の関わりもないんだ」

「なっ……んだよ、それは、納得《なっとく》できるか！」

「――出て行って」

レイオルにつかみかかろうとしたエイディに、メロウは静かに繰《く》り返した。

（……こんな店）

そうだ、エイディの未来にこんな店は必要ない。

女王である母親に、才能のない娘《むすめ》が必要なかったように。

「出て行って……出て行って出て行って、出て行ってエイディ！　私は関係ないっ……私もこの店も、貴方なんかと関係ない!!」

「メロ……」

「エイディ。自分で責任を持てと、俺は言っただろう」

胸倉《むなぐら》をつかむエイディの手を握り返して、レイオルが厳しく咎《とが》める。

「この子は普通《ふつう》の女の子だ、お前と同じじゃない。いつかこうなることが、お前には分かってたはずだ。お前が自分の才能から逃げ回ったツケがこれだ――これは、お前の責任だ」

エイディは答えない。きっと傷付いている。エイディの夢を知っているメロウは言ってあげなければならなかった。微笑《ほほえ》んであげなければならなかった。

そんなことないと。貴方《あなた》は自由でいいと。貴方の才能だけが、貴方の全《すべ》てじゃないから。

――けれどそれはもう、ただの嘘《うそ》にしかならない。

第五楽章

営業停止処分の張り紙のある店の扉が、呼び鈴《りん》の音と一緒《いっしょ》に開く。

陳列《ちんれつ》台に銀皿を重ねていたメロウは、入り口にのろのろと顔を向けた。まっすぐ伸びた長身の影が、低く呟《つぶや》く。

「――ひどい顔ですね」

「……クレメン先生……今日の講義はお休みしますって、連絡《れんらく》したんですけど……」

「何の用だよ、わざわざ」

カウンターで萎《しな》びたニンジンを食べていたラヴィが、カーチスを睨《にら》む。カーチスは、ぐるりと店内を見回した。

「そして、ひどい有様だ」

珍しく口数が少ない。あの一方的に捲《まく》し立てる口調も控《ひか》えているようだった。

メロウは苦笑《くしょう》して、足元に転がっている取り分け用のトングに気付いた。汚《よご》れたトングを拾い上げ、洗ったばかりの銀の器《うつわ》に放り込む。

「ずっと片付けてるんですけど……なかなか、終わらなくて」

「……そうでしょうね。手伝いましょう」

メロウが気付いた時には、カーチスは黒の上着を脱ぎ、袖《そで》を捲り始めていた。ニンジンを囓《かじ》りながらラヴィが牙《きば》を剝《む》く。

「何だよ、何、企《たくら》んでるんだ。もう調べるものなんか何にもないぞ、この店には」

「知っていますよ。貴方の店にも畑にも呪いの種は見つからなかったと、ノーブル先生から——この場合はノーブル監察官《かんさつ》と言うべきですか。とにかく、報告は受けています。それでもあの鉢《はち》に種を入れたのが貴方だけである以上、貴方が一番怪《あや》しいことに変わりありませんが」

「私、どうなるんですか」

雑巾《ぞうきん》を絞《しぼ》って、メロウは床《ゆか》に腰を下ろす。カーチスは上着をカウンターに置いて、新聞を手に取った。

「どうもこうもありません。貴方はまだ予備学生で、私の生徒です。そして生徒の面倒《めんどう》をみるのが私の仕事です。だから仕方なく課題プリントを届けにきたら、こんな有様ですよ」

「……」

「ムーサ音楽院にやっと首席が戻《もど》りましたか。人騒《ひとさわ》がせな生徒が今年は多い」

カーチスは新聞をカウンターに戻す。入れ違《ちが》いにラヴィがカウンターから飛び降りた。

「ちょっと出かけてくる。お前、教師だろ。ちゃんと仕事しろよ——言っておくけど、ボクはまだ堕《お》ちてないからな」

カーチスにそう言い捨てて、ラヴィは半開きだった店の扉から出て行く。メロウはぼんやりと首を傾《かし》げた。

「ラヴィ、どこ行くんだろう……？」

「どうでもいいでしょう。メロウ・マーメイドル、同じ所ばかり床磨《ゆかみが》きしていないで立ちなさい。これから私の指示に従ってもらいます。講義を休んでこのザマなど、許されません」

布巾《ふきん》を手にしたカーチスが、まず銀の器と用具を全てまとめるようメロウに言いつけた。


講義もそうだが、カーチスは掃除《そうじ》の指示まで早くて考える暇《ひま》を与《あた》えない。とにかく言われたように動き回りながら、メロウは片付いていく店内を不思議に思った。

部屋の掃除は心の整理整頓《せいとん》に繋《つな》がると子供の頃《ころ》、父親に教えられた。その父親は全く家事が駄目《だめ》だったことを思い出して、メロウが口元だけで笑う。洗い終えた銀の器をから拭《ぶ》きしていたカーチスが、眉《まゆ》を寄せた。

「何ですか」

「……掃除ができる男の人を初めて見ました。私のお父様は全然そういうの、駄目で——」

エイディも最初はできなかった——と思い出しかけて、メロウの心が動きを止める。カーチスはすまし顔で答えた。

「私は庶民《しょみん》上がりですから」

「そう……なんですか？　私、てっきり……」

どこかの良家か金持ちのお坊《ぼっ》ちゃんだと思っていた。メロウの考えを見透《みす》かしたカーチスが眼鏡《めがね》の奥を光らせる。

「偏見《へんけん》ですね。母親が早くに亡《な》くなったので家事は完璧《かんぺき》にこなせます。小さい弟の面倒も私一人でみていました。それにムーサ音楽院に在籍《ざいせき》していた時も、料理をしてましたしね。……同室だった馬鹿《ばか》男がうるさかったので」

「……ムーサ音楽院の寮《りょう》って、相部屋なんですか」

「そうです。私と同室だったのは、当時のムーサ音楽院の首席。クラウ・ヒトライツ」

それがエイディの兄だと理解するまで、数秒かかった。遅《おく》れて驚《おどろ》き、棚《たな》に乗せようとした銀の器を落としそうになる。そんなメロウを、カーチスは睨んだ。

「注意力散漫です、また仕事を増やすつもりですか。――自分にも弟がいて、手料理を作ってやりたいから作り方を教えろとうるさかったのですよ」

「そ――そう、なんですか……」

「私はあの男が死ぬほど嫌《きら》いでしてね。名門ヒトライツ侯爵《こうしゃく》家の長男、成績素行共に優秀《ゆうしゅう》。とにかくハナにつく相手ですよ。あんなお坊ちゃんに私が負けるわけがないと思った。なのに一度も、あの馬鹿から首席を奪《うば》うことはできなかった」

定位置に銀の器をしまったメロウは、洗い物のから拭《ぶ》きをするカーチスの話を黙《だま》って聞く。

「私がこんなに努力しているのに何故《なぜ》と、何度思ったことか。私の何が劣《おと》るのだと、才能や出自というものを恨《うら》みましたよ。一度や二度ではありません」

カーチスは黙ったままのメロウの方は見ずに、洗い物のから拭きを続けている。

「でもある日、馬鹿が珍《めずら》しく真剣《しんけん》に言いました。自分には目標がある、自分よりはるかに勝った才能を持つ、末の弟を守らなければならないのだと。その時、私は思い出したのですよ。どうして精霊《せいれい》歌士を目指したのか、それを自分が忘れていたことに」

「……」

「私はいつの間にか、自分の優秀さを証明したいがために精霊歌を歌っていた。勿論《もちろん》、そういう負けん気も立派な志の一つではあるでしょう。人間は自分の存在を証明したがり、それを糧《かて》に発展してきた生き物なのですから。ですが、それを他人の存在を否定するために使ってはならない。──私の持論なので、貴方《あなた》に押しつけようなどとは思いませんが」

そう言って、カーチスは最後にトングを拭き終えた。

そして綺麗《きれい》になった調理用具を手際《てぎわ》良く棚にしまい、店内を見回す。

「あらかた片付け終わりましたね。後は自分でできるでしょう。では私は帰りますよ」

「……先生。あの」

捲り上げていた袖を下ろしながら、カーチスは講義をする時と同じ口調で告げた。

「今がチャンスです。平気な顔をするのをやめて、惨《みじ》めな自分を認めなさい。貴方《あなた》が野菜しか作れないのは、本当の自分から逃《に》げているせいです。現に貴方は、優秀でお上品な上っ面《つら》の綺麗事ばかり歌っている。才能のない自分と向き合わない言い訳ばかりをね」

弾《はじ》かれるようにメロウは顔を上げ、カーチスを睨んだ。何も言わずただ瞳《ひとみ》をぎらつかせるメロウに、カーチスが口元だけで笑う。

「そう、それが本当の貴方の顔だ。そこからやり直しなさい。野菜相手にしか本音を歌わないから、貴方は野菜以外を育てられないのですよ」

上着を羽織り直し、カーチスはカウンターの上に置きっぱなしのプリントを示す。

「来週、提出するように。貴方が予備学生でいられる限り、それが貴方の仕事です」

眼鏡の奥の表情を一度も変えることなく、カーチスはベルを鳴らして店から出て行く。颯爽《さっそう》と立ち去る姿に、迷いはなかった。

途端《とたん》に、立ちくらみがした。カウンターに手をついて身体《からだ》を支えたメロウの目に、すぐ傍《そば》に置いてあった新聞の記事が飛び込む。

そこには、長期療養《りょうよう》を終え復学したムーサ音楽院の首席への賞賛が並べ立てられていた。三ヶ月の空白などものともせず、抜き打ちテストでも満点をとったらしい。学友とも馴染《なじ》んで、自主研究会を作ろうと積極的に呼びかけているとあった。そんなエイディのためにムーサ音楽院には続々と寄付が集まり、新しい施設《しせつ》まで建設されるようだ。

ちゃんと朝九時の授業に出ているんじゃないかと、メロウは笑いを滲《にじ》ませた。

(これで良かったんだ……やっぱりあれが、エイディのためだった)

メロウはふらついた頭で家の中に入り、誰《だれ》もいないことが嫌《いや》で、裏口から外へと出た。

青空の下に、荒《あ》らされた野菜畑がそのまま残っている。

ラヴィが小石をよけて、ミミが虫を追い払《はら》って、――エイディが手にまめを作りながら、汗《あせ》をかきながら、一緒《いっしょ》に耕してくれた。目の前にあるのは、その残骸《ざんがい》だ。

(エイディにいつまでもあんなことさせられないもの。あれは、エイディのためだった)

「嘘《うそ》つき――嘘つき、嘘つき!!　あれは私のためだった!」

唐突《とうとつ》にメロウは空に向かって叫《さけ》んだ。

そのまま心が言葉になって、泥《どろ》のように醜《みにく》く、澄《す》んだ空を汚す。

「だって認めたくなかったんだもの、エイディが!　エイディが私よりすごいから、みんながエイディを必要として、なのにエイディはそれをどうでもよさそうにするから……っ私はそれが欲しくて堪《たま》らなかったのに!　妬《ねた》ましかった羨《うらや》ましかった、エイディの才能が!!　だってあれがあれば、あんな風に歌えれば、私は」

声を詰《つ》まらせ、笑いながら涙《なみだ》を零《こぼ》す。いつの間にか座り込んでいたメロウの涙を、枯《か》れた土が吸い込んだ。

「それを誤魔化《ごまか》したくて、エイディに」

──そんな自分を、知られたくなくて。あの紺碧《こんぺき》の瞳には、綺麗なまま笑っていたくて。

だからメロウは、エイディのためだなんて上っ面の言葉で、全《すべ》てを誤魔化した。

あの瞳に映る惨めな自分を、認めたくなかった。

「……私はどうして、野菜しか作れないの……！　どうして……ッ」

メロウ。そう呼ぶエイディの声が耳に蘇った。名前を呼ばれただけで胸がいっぱいになる、あの声──あの声は、メロウを助けようとしてくれただけだったのに。

どうすればいい。自分に今更《いまさら》、何ができる。メロウの爪《つめ》が、乾《かわ》いた土を深くえぐり取った。


──あら知らなかったの、と申し訳なさそうな表情を取り繕《つくろ》い、女の子の影が笑った。有名な話よ。マーメイドル子爵《ししゃく》──貴方のお父様は、女王様に恋をして、捨てられたの。

くすくすと小さく嘲笑《あざわら》う声が、大人の秘密を教えてくれる。

マーメイドル子爵は花売りだった貴方のお母様を見初《みそ》めたのですって。でも、マーメイドル子爵の紹介《しょうかい》で社交界に招かれた貴方のお母様はその能力を認められて、あっという間に女王になったのよ。女王として戴冠《たいかん》される前に貴方が産まれたそうだけれど、あら一度もお会いになったことがない？　どういうことかしら。花を咲《さ》かせるのはお上手なのに、可哀想《かわいそう》。

演芸会で花を作るのを失敗した女の子は、メロウにそう言い捨て、立ち去った。

母親は遠い所へ行ってしまったと聞かされていたメロウにとって、寝耳《ねみみ》に水《みず》の話だった。幼いながらにぼんやりと、父親達が誤魔化すのは、母親について尋《たず》ねてはいけない何かがあるからだと察した。だから尋ねない代わりに、事実を探した。

その女の子が言ったことは、正しかった。どこを探しても女王は優秀な女王で、民衆の支持が厚くて——母親の姿など、どこにも見当たらなかった。

何より、精霊歌の才能を持つ孤児《こじ》を積極的に集め、『女王の子供達《たち》』と称《しょう》して養育しているという話が、メロウを打ちのめした。実の娘を放ったまま、母親は他《ほか》の子供を育てている。可哀想にと、好奇心《こうきしん》と同情と嘲笑《ちょうしょう》が自分を取り囲んでいることを、メロウは知った。

可哀想に——精霊歌の才能がないから、あの子は育ててもらえない。

父親が母親のことを切り出したのは、メロウがそれを思い知った後だった。

『メロウ。驚くかもしれないけど、君のお母様は——』

知っていると、最後まで聞かずに答えた。驚《おどろ》いた父親にメロウは笑ってみせた。でも、お父様達がいるから平気だと。女王である母親がメロウを育てられないのは仕方がないからと。

『騙《だま》してたわけじゃないんだ、メロウが大きくなったら話すと決めてたんだよ。今日、お母様から手紙がきて——返事を出してあげたらお母様は喜ぶよ、メロウ。お母様は君が暮らす国を豊かにするために毎日、頑張《がんば》ってるんだ。野菜の技術だってそのために開発したんだから』

野菜なら自分で作れる。女王なんて――母親なんて、いなくても。そう思った。

『ねえお父様。私、精霊歌士になろうと思うの』

気付いたらそう、口にしていた。父親は、困った顔をした。

『精霊歌士？　それは――難しいよ、勉強だってたくさんしないといけない。確かにメロウは精霊歌を歌えるけれど、それ以上に物凄《ものすご》い才能がいるんだ。メロウは――』

女王がメロウを育てないことは、実の娘が無能であるという証明だ。父親が何を言おうとしたのかは明白だった。言い淀《よど》んでメロウの顔を見た父親は、その時気付いただろう。

『でも精霊歌士になれば女王の子供達じゃなくても、会いにいけるんだし』

父親は悲しそうに、そうかと頷《うなず》いた。メロウは笑顔《えがお》で、分からないふりをした。

精霊歌士になってやる。必ず、精霊歌士に。布団《ふとん》を頭から被《かぶ》って誰にも気付かれないよう、嗚咽《おえつ》を堪《こら》えた。手紙は封《ふう》も切らずに破り捨てた。

首都では週に一回、女王が王城のバルコニーで精霊歌を披露《ひろう》する。その女王がいつも歌うのは、母の慈愛《じあい》に満ちた子守歌《こもりうた》だった。精霊歌が必要ない野菜以外を育《はぐく》むために、女王は歌う。

自分は育てる必要のない野菜と同じだ。

笑いが止まらなかった。涙はもう、出なかった。

そしてその日から、メロウの精霊歌で、野菜以外が実ることはなくなった。メロウの才能のなさを証明するかのように――自分を傷付けるものに向き合わず目を逸《そ》らし耳を塞《ふさ》ぐ、メロウの心をそのまま映したかのように。


予備学院の校舎から出てきたエルダの姿に、メロウは走る速度を上げた。青に赤が混じり始めた空の下で坂道を駆《か》け上がってくるメロウに、エルダが足を止める。

「――何だ、君は今日は休みだとカーチスが言っていたが」

「私が試験で使った鉢《はち》、どこに保管してありますか⁉」

エルダは眉《まゆ》だけを顰《ひそ》める。呼吸を整え直したメロウは、エルダに必死に訴《うった》えた。

「残ってるはずなんです、私以外に犯人がいるって証拠《しょうこ》が、鉢の中に！」

「……どういうことだ」

「私が試験に使ったアネモネの種です」

エルダが白衣のポケットから、見覚えのある箱を取り出す。ダグの種が入っている箱だ。呪いの種が入っている可能性があると、試験直後に証拠品としてエルダに回収されていた。

「私は野菜以外、育てられません。きっと、試験の時もそうだったと思います」

だからアネモネに擬態《ぎたい》した呪いの種しか芽吹《めぶ》いていない。目を逸らしたい現実が、今は希望だ。メロウが咲かせられなかったアネモネの種は、鉢の中で眠《ねむ》っている。

手元の小さな箱を見つめながら、エルダがメロウの言いたい答えを出した。

「君が試験中、一粒《ひとつぶ》しか種を入れていないのは私もカーチスも確認《かくにん》していた。そして君は呪いの種を入れておらず、花を咲かせられない。その前提で考えると、君が入れた種はまだそのまま鉢の中に残っている。それは――試験前に君以外の誰かが細工をしたという証拠になる」

メロウは黙《だま》って頷き返す。エルダがダグの種が入った小箱をメロウに押しつけ、白衣を翻《ひるがえ》した。予備学院の横にある役所へと向かうその背中を、メロウも追いかける。

「鉢の中は盲点《もうてん》だった、よく気付いたな」

「……この種をくれた人を本当に信じてみようって、考えたんです」

「こうなってもダグ爺《じい》さんの名前は出さないか、強情《ごうじょう》な子だ。だが土の中を探しても何もなかったら、呪いの種を入れたのは君だと判断されるぞ」

早歩きするエルダを追いかけながら、メロウは顎《あご》を引いて前を見た。

「それでも、何もしないよりいいです。このままだと犯人は私しかいない。それに、謝りたいんです、エイディに。ひどい追い出し方をしたから……エイディのせいじゃないのに」

メロウができることなど、そんなことしか思い浮かばなかった。エイディの名前を紡《つむ》いだだけでつんと目の奥が痛む。先を歩くエルダが少しだけメロウを振《ふ》り返った。

「謝りたいならさっさと謝ればいいだろう」

「……私の潔白が証明されてからじゃないと、エイディに迷惑《めいわく》をかけるだけです」

なるほど、と呟《つぶや》いてエルダは役所の奥にある古びた倉庫へと向かった。

「あそこだ。硝子瓶《ガラスびん》で密封《みっぷう》してそのまま保管してある」

「そのまま？　なれの果てを咲かせたままってことですか？」

「そうだ。ムーサ音楽院でなれの果てを処分したいと学長代理が言い出して、揉《も》めてね。監察《かんさつ》官の私の仕事だと断ったんだが、ムーサ音楽院でもなれの果てという同種の事件が起こったのだから、調べる権利があるというのがあちらの主張だ。ムーサ音楽院には自治権があるから無視もできない。私の独断で君を調べたことも気に入らないらしくてね。精霊庁にまでかけ合われて、いい迷惑だ。ダグ爺さんの足取りもさっぱりで、私は仕事が山積みなのに」

「……まだ見つからないんですか、ダグさん……」

「この都市《まち》を出た形跡《けいせき》はない。だが探してない場所など、もうムーサ音学院内くらいしかないんだ。よりによってそこと揉めてるんだが――おい、君。倉庫の鍵《かぎ》を開けてくれ」

「はっ」

門番をしていたのであろう警備員が敬礼をエルダに返し、鍵を取り出す。緊張《きんちょう》と安堵《あんど》をない交ぜにしたメロウが祈《いの》るように手を合わせた時、蹄《ひづめ》の音が鳴った。

倉庫の横から幌《ほろ》を張った馬車がゆっくりと姿を現す。エルダが訝《いぶか》った。

「どういうことだ、今日は荷運びの予定などないはずだが」

「はっそれが二時間ほど前にビル・ハッフル学長代理がこちらを訪ねられ、なれの果ての事件の証拠品につき処分権が委譲《いじょう》されたため、今日中にムーサ音楽院に運ぶよう指示が」

「――それはここに保管されていたなれの果ての鉢植《はちう》えもか⁉」

「そ、そうであります。監察官が調べておられた種も速《すみ》やかに引き渡《わた》せと、通達が」

メロウは駆け出していた。エルダが引き止める声が聞こえたが、振り向かず幌馬車《ほろばしゃ》を追う。

大きめの馬車は、出発したばかりでまだ速度が出ていない。役所の出入り口を曲がろうとした所でメロウは追いつき、荷台をつかんだ。

「待って――待って下さい、お願い！」

馬が一頭だけとはいえ、人間の力でその歩みを止めることなどできない。ゆっくりと角を曲がりそのまま進もうとする馬車の荷台に、メロウは意を決して飛び乗る。

しっかりした作りの荷台は、人一人が飛び乗ってもびくともしなかった。そのまま白い幌をはためかせながら車輪が回る音が響《ひび》く――どうやら御者《ぎょしゃ》はメロウに気付かなかったらしい。

薄暗《うすぐら》い荷台に積まれた荷物は少量だった。メロウは暗がりになれた目を凝《こ》らす。大きな硝子瓶に密封され、アネモネが一輪咲いた鉢植えは、すぐに見つかった。

「良かった……！」

這《は》うようにして硝子瓶に近付く。硝子瓶には鍵がかかっていたが、鉢植えに貼《は》り付けられたメロウの名前も読み取れた――間違《まちが》いなく、メロウが試験で使った鉢だ。

馬車が小石でも踏《ふ》んだのか、がたんと大きく揺《ゆ》れた。

（着いたらちゃんと、事情を説明しなくちゃ。泥棒《どろぼう》だと思われないように……）

一瞬《いっしゅん》、硝子《ガラス》を叩《たた》き割って今すぐ鉢を引っ繰《く》り返したい衝動《しょうどう》に駆られた。だがメロウはその焦《あせ》りを首を振って追い払《はら》う。そんなことをすれば、今度は証拠隠滅《しょうこいんめつ》を疑われるだけだ。このままエルダに渡して確かめてもらうのが一番いい。

（……今、どの辺だろう）

硝子瓶を膝《ひざ》の上に抱《だ》いたまま、メロウは耳をすます。もうそろそろムーサ音楽院の正門に着いてもおかしくない。落ち着いて説明できるよう深呼吸をしようとして、ふとメロウは硝子瓶の中の異変に気付いた。

枯《か》れかけの雑草に、まだ緑色が残っている。

「……え？」

外の光が差し込む場所まで移動し、メロウは硝子瓶を持ち上げて確認する。ほんの少しだが、草の根元にはっきりと緑が枯れずに残っていた。

あり得ない。

なれの果てが咲《さ》いてもう一週間だ。同じ土に生えたこんな雑草ならば、とっくに枯れ落ちて土に還《かえ》っていてもおかしくないのに――。

「どういう……こと……？」

がたん、ともう一度大きく馬車が揺れた。ゆっくりと速度が落ちる。停車するのだ。

深呼吸して、硝子瓶を持ち直す。何であれ、これはメロウの無実を証明してくれるかもしれない証拠だ。手放すわけにはいかない。

「ご苦労でした。急な仕事で申し訳なく思っていますよ――これは、ほんのお礼です」

荷台を覆《おお》う幌の向こうから、くぐもった声が聞こえる。聞き覚えのある声だった。

「気前がいいこった。こないだといい、この荷物といい、何やってんだあんた?」

「私はムーサ音楽院の学長代理です。ムーサ音楽院に運ぶべき荷物を運び込み、私の手元に置くことに何の問題もありませんよ。さあ、君はあの裏門からお帰りなさい」

返事はなく、御者台から飛び下りる足音だけが聞こえた。そのまま遠ざかっていく足音と、荷台に近付く足音がする。

何かがおかしい。メロウは硝子瓶を胸に抱いたまま、自分の見落としに気付く。

(そういえば――不正がないよう試験前に保管されてた鉢に、細工できる人間って……)

幌を持ち上げられ、いきなり目に入った強い日の光に、思考が遮《さえぎ》られた。光を避《さ》けるように身を縮めたメロウに、ビルの声が届く。

「――おや、貴方《あなた》は……どうしてここに」

「あ、あのっ……どうしても、私の無実を証明したくて。硝子瓶の中には何もしてません、本当です! ただ気付いたことがあって、それをまずビル先生にお話ししたくて……っ」

直感的にメロウは捲《まく》し立てていた。杖《つえ》で荷台の幌を押し上げているビルの表情は光に隠《かく》れていて、まだはっきりと目視できない。

「……そうですか。ここでは何です、学長室でゆっくり話を聞くことにしましょう。さあこちらへ。その硝子瓶は、私が預かりましょう」

やっと光に慣れたメロウの目に、微笑《ほほえ》むビルの姿が映る。作り物と分かる笑顔《えがお》だが、メロウは大人しく硝子瓶を差し出した。ほっとした顔で、お礼を言うのも忘れない。

今はただの勘《かん》だ。――勘で終わってくれればいい。

荷台から下りて踏みしめたムーサ音楽院の土は、からからに乾《かわ》いていた。


「なるほど、試験用の鉢植えに細工した者がいる……ですか」

「はい……その人がきっと犯人だと私は思うんです」

大きなはめ殺しの窓の外を見つめていたビルが、ソファに座っているメロウを振り向いた。

「あれは複数人の流れ作業で用意されています。メロウさんの推理通りだったとしても、誰《だれ》がどの鉢《はち》に種を入れたか判別するのは非常に難しいでしょう。しかもそれだと、狙《ねら》われたのは予備学生の誰でも良かったということになる。それは非現実的だ」

「でも、私が狙われたというのも、おかしな話じゃないですか？」

「貴方が狙われることに私は疑問を感じません。貴方は女王の娘《むすめ》、反女王派の格好の標的ですよ。——それにしても、それで馬車に一人飛び乗ってくるとは、勇敢《ゆうかん》なことだ」

メロウが座るソファの方に、ゆっくりとビルが移動した。ソファの金縁《きんぶち》を撫《な》で、背後からビルが声をかける。

「気付いたのは、それだけですか」

これは賭《か》けだ。メロウは、覚悟《かくご》を決めて、切り出す。

「鉢の雑草が試験の時と同じ状態なんです。なれの果てがあるのに、おかしいですよね」

「……ほう？」

ビルは学長机に戻《もど》り、硝子瓶の中を見る。そしてふむと、頷《うなず》き直して顔を上げた。

「確かに枯れてきっていないようですが、まさに枯れている最中かもしれませんよ」

「でも、一週間もあれば大きな木でも枯れてしまうのが普通《ふつう》じゃないですか。それに……私が持っている種は、ただのアネモネの種じゃないかもしれないんです」

説明しながら、メロウは思い出す。ダグはこれを希少価値の高い種だと言っていた。ビルはゆっくりとメロウを振り返る。

「ノーブル監察官が保管しているという種ですね。それこそ、それを調べないことには」

「馬車に飛び乗る前、先生から預かっていたので、私が今、持っています」

メロウは小さな箱をスカートのポケットから取り出して、ビルに見せた。

ビルはじっとそれを見てから、溜《た》め息のような深呼吸のような一息を入れた。

「──紅茶でも淹《い》れましょう。長い話になりそうですから」

穏《おだ》やかな微笑みを見せ、ビルは学長室の続きになっている隣《となり》の部屋へと消える。開いた扉《とびら》の隙間《すきま》からずらりと並んだ書棚《しょだな》や机が見えた──恐《おそ》らくメロウがいるこの部屋が応接室で、ビルが入っていった部屋が書斎《しょさい》になっているのだ。

メロウを狙って鉢に細工をしたいなら、流れ作業で鉢が用意され、メロウの名前が書かれたラベルが鉢に貼られた後にしかできない。その段階で鉢に触《ふ》れられる人間は、学校関係者──特に教師に限られるのではないか。

メロウはそっとソファから立ち上がる。ビルが閉じてしまった隣の部屋の扉を、音を立てないよう、ノブを回して少し開いた。奥の床《ゆか》に置かれた意味ありげな金庫、書斎机、受話器が持ち上げられた電話、ソーサーとカップと下から順に視線を移す。ビルの姿は見えない。

「──そうです。監察官《かんさつかん》に至急連絡《れんらく》を。予備学生が一人、自分の不正の証拠《しょうこ》をもみ消すために学長室から証拠品を盗《ぬす》み出しました。……ええ、厳戒《げんかい》態勢で逃《に》がさないよう配備を」

ビルの手だけがカップの方へと伸《の》びた。そしてその指が、カップの中に白い錠剤《じょうざい》を落とす。

メロウは口元を両手で塞《ふさ》いで、息を殺した。細心の注意を払いながら、扉を閉め、学長机の上にある鉢を硝子瓶《ガラスびん》ごと腕《うで》に抱く。

(逃げなくちゃ──あの人だ)

ムーサ音楽院の学長代理なら、予備学生の試験用の鉢に細工をするなど容易《たやす》い。呪いの種を手に入れる機会もあるだろう。ムーサ音楽院で処理すると言い出したのも、証拠が残っていると知っていたからではないのか。監察官に調べられ他《ほか》の種が見つかれば、鉢の中に最初から呪いの種が仕込まれていたのではないかと疑われてしまう。

分からないのは動機だ。だが今は考えている場合ではないと、メロウはすぐに頭を切り替えた。音を立てないように、けれど急いで、学長室の出口である扉へと向かう。

しかし、静かに回そうとしたドアノブは途中《とちゅう》で止まった。鍵《かぎ》がかかっている。

「――ムーサ音楽院の学長室は自動施錠《オートロック》なんですよ。しかも、学長の証《あかし》であるこの鍵がなければ、内側からでも開けられない仕様なんです」

振《ふ》り向《む》いたメロウの目に、隣の部屋から出てきたビルが映る。金色の鍵を見えるよう持ち上げ、ビルが薄《うす》く笑っていた。

ぞっと、メロウの背中に悪寒《おかん》が走る。

「誰かっ――!」

「人払《ひとばら》いをしてありますから叫《さけ》んでも無駄《むだ》です。裏門も正門も封鎖《ふうさ》済み、君はムーサ音楽院から出られません――残念です、もう少し君が愚《おろ》かだったら良かった。私の誘《さそ》いを受ければ女王の娘として、天才エイディ・ヒトライッと一緒《いっしょ》に売り出して差し上げたのに」

扉に背を預けたまま、メロウはゆっくり呼吸をする。動機への疑念が、口から滑《すべ》り出た。

「まさか……エイディを、ムーサ音楽院に連れ戻すために……?」

鍵を胸ポケットにしまったビルは、質問を受けた教師のような答え方をした。

「どうしてそこまでするんですか、おかしいです！」

「彼ほどの逸材《いつざい》を逃《のが》す手はありません」

「ムーサ音楽院に彼が戻っただけで寄付金が何倍になったと思いますか？　彼がいなくなっただけで、私を含《ふく》めた学院責任者の立場も危《あや》うくなった。それだけの価値があるんですよ。だが私は彼を連れ戻した。周囲に認められるには、十分な功績です。女王もいい加減、諦《あきら》めるでしょう──次の学長に選ばれるのは、私です」

唇《くちびる》を震《ふる》わせるメロウの目の前で、ビルはメロウに両手を広げ、鷹揚《おうよう》に微笑む。

「私は誰も損をしないよう、計らいました。貴方にだって平等に手を差し伸べたでしょう？」

「馬鹿《ばか》なこと言わないで下さい！　エイディは……っ！」

メロウといるのが楽しいと、笑ってくれたのに。

憐《あわ》れむようなビルの視線に、メロウは唇を噛《か》む。悔《くや》しかった。

メロウはエイディをまんまと差し出してしまったのだ──こんな、金と名誉《めいよ》に目がくらんだ男の言葉に勝手に傷付いて、エイディを追い出した。

「私は穏便《おんびん》に物事を進めたいのです。どうか落ち着いて、もう一度話し合いま」

「ミミ行け！」

ゆったりと語っていたビル目掛《めが》けて、黒い影《かげ》が襲《おそ》いかかった。ぎゃっとビルが悲鳴を上げて身を捩《よじ》る。オオカミは上等そうなスーツに噛み付いたまま離《はな》さない。そのオオカミの頭から飛び降りたウサギの姿に、メロウは目を瞠《みは》る。

「ラヴィ、どうして」

「メロウ、ボクらに任せて早く逃げろ！」

「でも鍵がかかってて……っ」

メロウは、自分を覆《おお》った人影《ひとかげ》に気付いて息を呑《の》む。鍵を差し込まれたドアノブが回り、学長室の扉が内側から開いた。

「メロウ、こっち！　後は頼《たの》んだぞ、ミミ、ラヴィ！」

金色の鍵をラヴィに向けて投げたエイディが、メロウの手を引いて走り出す。続いてラヴィを頭に乗せたミミが学長室を飛び出し、メロウ達とは逆方向に駆《か》けていった。ラヴィがエイディが投げた金の鍵と古びた紙を持っているのが、視界の端《はし》に映る。

わけが分からないまま、メロウはエイディの背中を見る。不意に泣き出したくなった。エイディがそんなメロウを少し振り向き、笑う。

「びっくりしたぞ、メロウがくるとは思わなかったから。怪我《けが》とかしてないよな？」

「だ、大丈夫《だいじょうぶ》……エイディこそ、どうして学長室に？　ラヴィだって」

「ラヴィは俺の所に来ててさ。手伝うって言ってくれたから、一緒に学長室に忍《しの》び込んでたんだ。メロウの登場は予定外だったけど、目当ての物は見つかったし鍵も渡《わた》したし、後はミミとラヴィに任せておけば平気だから」

階段を駆け下りながら、エイディが答える。その間もエイディはメロウの手を離さない。

「目当てって……そ、そもそもどうして学長室の鍵を持ってるの？」

「ああ、借りてたから本鍵。借りたっていうかミミが探してきたっていうか——俺、夜も起きて頑張《がんば》ったんだぞ、この一週間。メロウの疑いを晴らそうと思ってさ」

メロウは返答に窮《きゅう》した。メロウの手を引いて走りながら、エイディは一方的に話を進める。

「レイオル兄ちゃんからも色々聞き出した。あの学長代理だろ、メロウをはめたの」

「ど、どうして分かるの？　他にも反女王派とか、可能性は」

「だってメロウの事件が起こって、一番得したのはあいつだ。なれの果てを処分しようとする監察官を止めるのも怪《あや》しいし——でもとにかく証拠とか、色々必要でさ」

学長室のある棟《とう》の出口は階段を五つほど下りた所ですぐに見えた。だが外に出ても、エイディはメロウの手を引っ張って鬱蒼《うっそう》と茂《しげ》る雑木林の中を迷わず突《つ》っ切る。

「何か証拠隠滅《しょうこいんめつ》しようとするなら、人目につきにくい学長室に持ち込むだろ。ロマリカ地区に証拠品取りに行かせたって聞いたから、学長室に隠《かく》れて——ここだ」

ムーサ音楽院の外壁《がいへき》を前にしたエイディは、絡《から》み合う木の根を掻《か》き分ける。すぐに人が一人やっと通れるくらいの、小さな穴が出てきた。

「ここから出たらロマリカ地区はすぐだ。ラヴィも残りの用事が終わったらすぐ帰るから、メロウはそれを急いで持って帰って、監察官とか信頼《しんらい》できる人に検証してもらうんだ」

逃がしてくれようとしているのだ。だがメロウがここで逃げたら、エイディはどうなる。

その恐れが固い拒絶《きょぜつ》になって、メロウの口から飛び出た。

「……私、試験に落ちるのが嫌《いや》で呪いの種を使ったの」

「へ？　メロウはそんなことしないだろ」

自分が嫌になる。だがエイディは、ムーサ音楽院の制服を着ていた。メロウはそれが悔しくて妬《ねた》ましかったけれど、その未来を守りたいと思ったのも、嘘《うそ》ではなかった。

「そんなことする人間なのよ、私。嫉妬《しっと》だっていっぱいするし――エイディにだって……」

「ああ、あれだろ入学式の。メロウ、対抗《たいこう》心丸出しで俺を睨《にら》んでたもんな。あんな真っ向勝負挑《いど》まれたことなかったから忘れてないって。でも、それだけの努力をメロウはしてる」

目をいっぱいに見開く。エイディは優《やさ》しい眼差《まなざ》しで、メロウを見返した。

「それにメロウは正々堂々母親に会えるように、精霊《せいれい》歌士目指してるんだろ。そんなメロウが呪いの種使って、卑怯《ひきょう》な真似《まね》しないよ」

エイディが何の迷いもなく言い切って、微笑《ほほえ》む。

心の奥に仕舞《しま》い込んでいた願いもあっさり暴《あば》かれて、メロウは本当に何も言い返せなくなった。エイディはメロウを認めているのだ――信じてくれているのだ。

ぼろりと、張り詰《つ》めた心の隙間から涙《なみだ》が零《こぼ》れ落ちる。エイディがぎょっとした。

「メ、メロウ!?　どうしたんだよ、やっぱどっか怪我してたとか」

メロウは首を振って、エイディの服の裾《すそ》をつかんだ。

「私が潔白だって証明されたら、エイディに一番に、謝りにくるから……！」

透明《とうめい》に潤《うる》む世界で、メロウはエイディに約束する。言葉がもどかしい。

「だから戻《もど》って、私に騙《だま》されたんだって言って！　エイディを巻き込みたくない……！」

「もう遅《おそ》いですよ、お二人とも」

声を詰まらせたメロウの腕《うで》をつかみ、エイディが自分の背に隠す。土を踏《ふ》む足音は複数、ビルとムーサ音楽院の警備員達。それに加えて、エルダとカーチスまでいた。

エイディの背中から先生と小さく呟《つぶや》いたメロウに、ビルが笑う。

「お二人とも先程メロウさんを訪ねていらっしゃったので、お連れしました。さあ、貴方《あなた》が持っているその鉢《はち》と、その箱の種もこちらに」

前へ出るビルから硝子瓶《ガラスびん》を隠すように抱《だ》き込んで、メロウは目に力を込める。

「これは、私が潔白だって証明できるかもしれない証拠《しょうこ》です……！　貴方には渡しません」

「だから貴方が安心して手渡《てわた》せるよう、ノーブル監察官《かんさつ》をお連れしたのですよ。今にも枯《か》れそうな雑草にこだわるあまり、何か誤解なさっているようなので――私はその鉢に直《じか》に触《ふ》れたことなど一度もないのに」

唇を震わせるメロウに、ビルは意味深な笑《え》みを浮《う》かべた。

（誰《だれ》かにやらせたんだ――この人がやったって直接分かる証拠は、すぐには出てこない）

メロウは監察官のエルダを見る。エルダは苦々しく答えた。

「鉢の処分権はムーサ音楽院に委譲《いじょう》された。学長がいない以上、ビル・ハッフル学長代理がその権限を行使する。――私に渡しても、そのまま学長代理に渡すことになる」

ビルに渡せば、鉢の中に他《ほか》の種などなかったと証言されて終わりだ。そうすればメロウが犯人だと自動的に決まってしまう。

ビルの薄《うす》い微笑みは、そんなメロウの未来を裏付けていた。

「――なら今ここで、この箱の中にある種と同じ種が鉢の中に残ってるって証明すればいい」

静かに切り出したエイディを、全員が注視した。それでもエイディの瞳《ひとみ》は凜《りん》として、揺《ゆ》らがない。いつもと変わらぬ表情でエイディに尋《たず》ね返したのは、カーチスだった。

「どうするつもりです？　今、その鉢を調査したければ学長代理の許可が必要です。壊《こわ》して鉢の中身を探《さぐ》れば、その時点で貴方が証拠隠滅の罪に問われることになりますよ」

「そんな必要ない。メロウ、今、このままでアネモネの花を咲かせるんだ。それでこの鉢の中に他の種が入ってたってことが証明できる」

「何を言い出すかと思えば、ただの時間稼《かせ》ぎですか」

妙《みょう》に甲高《かんだか》い声でビルが割って入った。

「仮に鉢の中に他の種があったとしましょう。ですがその鉢植えに入ったままではなれの果てに養分を吸い取られて芽も出ない。咲かせようとするだけ無駄《むだ》です、違《ちが》いますか？」

ビルが同意を求めてカーチスとエルダを見る。両者とも頷《うなず》かなかったが、否定もしない。なれの果ては、同じ土に芽吹《めぶ》く植物の生命力を吸い取って枯らす。ビルの言う通り、中にある種を咲かせようとしても、養分を吸い取られ芽すら出さない可能性が高い。そうなった場合、後で鉢《はち》の中を調べても、メロウの主張する種は見つからないことになる。

「しかもメロウさんは精霊歌で花を育てられない。歌う意味などないのです。どうあっても私に一旦《いったん》鉢をお渡しして頂いて中を調べるしか、適切な対処方法はないのですよ」

ビルがにこやかに締《し》め括《くく》る。だが、エイディは全く頓着《とんちゃく》しなかった。

「メロウなら咲かせられる。信じてるから、俺は歌わない」

エイディはメロウのスカートのポケットから小さな箱を取り出す。それを見てビルが顔色を変えた。ビルは箱の中にあるダグの種も欲しがっている。何かあるのかもしれない。

（でも――）

メロウはなれの果てと、根元以外枯れている雑草を見る。この鉢に残ったものが意味するところはただ一つ、メロウは野菜以外、育てられないということだ。

どうしようもない現実に下唇《したくちびる》を噛《か》んだ後で、メロウは答える。

「……無理よエイディ。私、咲かせられない……」

「大丈夫だよ。俺、メロウの歌、好きなんだ。だからメロウが咲かせる花が見たい」

メロウはエイディを見上げた。しがみつくように抱《だ》き締めている硝子瓶を、エイディがメロウからそっと取り上げる。

「信じられないか？　でも俺、メロウに嘘ついたことはないよ」

メロウはエイディの顔を見たまま、両の拳《こぶし》を握《にぎ》る。ビルが甲高く批判した。

「精霊歌を歌うのも証拠隠滅です！　さっさとあの鉢を取り上げて下さいノーブル監察官!!」

「……エルダ、さっきから瘴気《しょうき》が出ているような気がしませんか、あの鉢。人命がかかった緊《きん》急《きゅう》事態だったら仕方がありませんよね」

硝子瓶の中に全く変化はない。カーチスはメロウに歌えと言っているのだ。

メロウはもう一度エイディを見る。エイディは頷いた。

「……瘴気が出てる気もするな。どうなっても知らないぞ私は」

エルダが投げやりにカーチスに同調した。ビルの顔に初めて焦《あせ》りの色が走る。

「エイディ君、私に任せてくれればいい！　このままではメロウさんは予備学生も除籍《じょせき》、助けられるのは私だけです。精霊歌を歌わせても意味などないんですよ！」

「俺はメロウに頼《たよ》りにしてもらえる男になるって、決めたんだ」

甘言を紡《つむ》ぐビルを、エイディが冷たく切って捨てた。そしてダグにもらった花の種を一粒《ひとつぶ》だけ、地面に落とす。

「だからあんたの思い通りにはならないし、させない――メロウ！」

エイディの声に背を押され、メロウは息を吸った。

――この局面でメロウが選んだのは、入学式でエイディが選んだ歌だった。世界の色を変える、春の歌。

だがすぐにメロウは泣き出したくなった。エイディのように歌えない。その怯《おび》えがそのまま旋律《せんりつ》を歪《ゆが》ませる。歌声が窄《つぼ》む。ビルの安堵《あんど》を含《ふく》む歪んだ笑みが見えた。

（嫌だ、怖《こわ》い――怖い、咲くわけがない、こんなの精霊歌じゃない。誰か）

不意に、汗《あせ》の滲《にじ》む手をつかまれた。

メロウは手をつかんだ相手を見上げる。エイディだった。

紺碧《こんぺき》の瞳が、綺麗《きれい》だ。その澄《す》み渡《わた》った瞳に、メロウの顔がそのまま映り込んでいた。泣き出しそうな顔で、間違《まちが》いはしないかとびくびく怯えながら歌っている。こんな小さな人間が自分だ。弱い、自分だ。

認めた瞬間《しゅんかん》に、心の水面《みなも》に沈《しず》んでいた願いが、浮き上がった。

エイディの言う通りだ。メロウは母親に会うために精霊歌の力を手に入れた。でも自分の願い通りの母親が存在しなかったことに、傷付いた。その傷すら認めたくなくて、母親を、傷付いた自分を否定するために歌っていた。

本当は母親に認めて欲しかったのに、そんなものは必要ないと嘯《うそぶ》いた。才能なんて関係ないと、自分の内側も見ずに努力に逃げた。だからエイディの歌に憧《あこが》れたことも、好きだと思ったことも、認められなかった。そんな自分すら、認めたくなかった。

認めろ、とメロウは拳を握る。今の自分を認めたその先に、なりたい自分がいる。

「もういいでしょう、あれでは歌にすらなっていない。本人もお辛《つら》そうだ、止めて」

「そうでもないようですよ」

ビルの嘲笑《ちようしよう》をカーチスが無表情で遮《さえぎ》る。振り向いたビルが形相を変えた。

メロウの足元にある土から、芽が出る。それは茎《くき》をするりと伸《の》ばしながら、二葉を開き、蕾《つぼみ》の中に閉《こ》じ籠もった。

(エイディはすごいな。羨《うらや》ましい――私もあんな風に、ううん)

――エイディの隣《となり》にいて恥《は》ずかしくない、エイディに負けない歌い手になりたい。

そのために必要なのは、メロウの歌だ。エイディのように歌うことではない。

歌え。願え。ありのままの自分で。

目を閉じたメロウの歌声が空高く伸びる。頭上で木の葉が擦《こす》れ合って、メロウの旋律に重なった。応援《おうえん》してくれているのが分かる。

(お願い、力を貸して――私の精一杯《せいいつぱい》で歌うから。ごめんね、今まで)

母親の子守歌《こもりうた》で育つ貴方達を妬《ねた》む、いじけるだけの子供だった。でも、これからは。

メロウの目の前で蕾が、震《ふる》えながら捩《ねじ》れを解《ほど》いていく。光に解けて輝《かがや》く。

春は、メロウを待っていてくれなかった。

けれどエイディは、春よりもずっと先にあるどこかで、メロウを待ってくれている——。

歌い終えたメロウは、地面に生まれた小さな花の前でぺたんと腰を落とした。

「——咲い、た……」

震えるメロウの指先が、アネモネの花びらに触《ふ》れる。

光を零《こぼ》すその花は、不思議な色をしていた。見る角度と光の加減によって、色合いが変化するのだ。

木陰《こかげ》から差し込む夕日を浴びて、黄金の花が咲き誇《ほこ》っている。

呆然《ぼうぜん》としているメロウに、影を背負ったビルが大きく足を踏《ふ》み出した。

「——それが、何だと言うのです。たまたまメロウさんが持っていた種と同じ種類の花の種が鉢《はち》の中にあったというだけだ。これで彼女が無実と決まったわけでは」

「あんたの魂胆《こんたん》は分かってる。メロウのこの種も、鉢も、渡さない」

メロウの方へと歩み寄ろうとしていたビルが、エイディの声に足を止めた。

エイディは硝子瓶《ガラスびん》の中身を皆《みな》に見せるように、持ち直す。メロウは首だけを動かして、硝子瓶の中を見た。

鉢植えの中のアネモネが、増えている。その意味に気付いた面々が、息を呑《の》んだ。真っ先にエルダが叫《さけ》ぶ。

「どういうことだ、なれの果てだったアネモネは精霊《せいれい》歌で枯《か》れるはずだろう！」

「……メロウ・マーメイドルが持っていた種の仕業《しわざ》ですよ。授業でやったでしょう」

驚《おどろ》いてメロウは顔を上げる。カーチスは淡々《たんたん》と解説した。

「なれの果ての毒素を抜《ぬ》き普通《ふつう》の植物に変える、品種改良された花の種。貴方が持っていたのはその種だったんです。だからその鉢に咲いていたなれの果てはこの一週間で毒素が抜け、普通の植物になってしまった。なら、精霊歌で枯れないのは当然です。雑草もその種が毒素を抜いていたからなれの果てが機能せず、枯れ切らなかった。――花の色といい非常に高度な品種改良品だ。たまたま持てるものではありません」

眼鏡《めがね》のブリッジを持ち上げたカーチスは、一言も声を発しないビルの方を見やった。

「学長代理。貴方《あなた》はメロウ・マーメイドルの鉢に別の種が残っていること、そしてその種の正体に気付いていたのですね。なれの果てを処分しようと精霊歌を歌われれば、鉢に他《ほか》の種が入っていることがばれてしまう。貴重な種を自分の物にする機会も失われる。だから貴方は監察《かんさつ》官を止め、処分権を委譲《いじょう》しろなどという難癖《なんくせ》をつけたんです。違《ちが》いますか？」

「――いいからこの子達から取り上げるべきです、鉢も花の種も！　ただの予備学生がそんな種を持っていること自体、彼女が怪《あや》しいという証拠《しょうこ》でしょう！」

「今検証すべきは、メロウ・マーメイドルがどうやってその種を手に入れたかではない。彼女が鉢に入れたのは呪いの種だったか否《いな》か。あるいは誰《だれ》がこの鉢に呪いの種を入れたのか、だ」

冷静さを取り戻《もど》したエルダが前に進み出て、ビルを鋭《するど》い目で検分する。ビルが怯《ひる》んだように口を噤《つぐ》んだ。

「カーチスの言う通りなら、そんな貴重な種をメロウ・マーメイドル以外の人間が入手している可能性は低い。なら彼女が鉢の中に入れたのは品種改良された種、呪いの種は別の人間が入れたと考えるのが自然だな。禁断の種とはいえ、呪いの種は契約精霊《けいやくせいれい》を殺せば誰にでも手に入れられるのだから。――勿論《もちろん》、学長代理である貴方なら簡単に手に入るだろう」

頬《ほお》を引き攣《つ》らせるビルを、エルダは薄笑《うすわら》いで睨《ね》め付けた。

「さて学長代理――貴方はメロウ・マーメイドルの鉢の中に呪いの種以外が残っていると、最初からご存知だったようにお見受けしますが？」

「もういい、なら私が告発する！　あの女は学長室から証拠品を盗《ぬす》み出した犯罪者だ！」

ついにいつもの口調をかなぐり捨てて、ビルが叫ぶ。メロウは言い返した。

「それは、貴方が私に何か薬を飲ませようとしてたから……！」

「それこそ証拠でも？　それにどんな事情があろうがその鉢はムーサ音楽院で保管すべき証拠品に変わりないのです。それを貴方は盗み出している、これは誰も反論できない事実だ！」

両手を広げ、調子を戻したビルが大袈裟《おおげさ》に言い放つ。そしてわざとらしく、手を鳴らした。

「さあ、茶番はここまでにしてそれぞれ自分の責務を果たしましょう。ノーブル監察官はメロウさんを拘束《こうそく》して下さい。鉢と種の回収もお願いしますよ」

「そしてすぐにこの場で引き渡せと、私に命令するんだろう？」

エルダの冷めた質問に、ビルは肯定《こうてい》も否定もせず、微笑《ほほえ》んだだけだった。

刺々《とげとげ》しい沈黙《ちんもく》が周囲を支配する。それを、新しい靴音《くつおと》が破った。

「いい加減にせんか、往生際《ぎわ》の悪い」

メロウは目を瞠《みは》る。エルダも振り返って驚いた顔をしていた。雑木林の中から、ラヴィを頭の上に乗せたミミと、ダグが、歩いてくる。ダグの首からはいつもの金の鍵《かぎ》が下がっていた。

さっとビルの顔から血の気が引いた。

「その鉢はその小娘《こむすめ》に返すよう、俺がその若造に頼《たの》んだ。何も問題ないだろう、その鉢の処分権はムーサ音楽院にあるんだからな。……悪知恵《わるぢえ》ばかり働かせおって、馬鹿《ばか》者が」

「ど……どうして、どうやってあそこから」

「お前が持っているのは、合鍵《スペアキー》だ。だから学長の証《あかし》なのに、学長室の扉《とびら》しか開けられん。だが本鍵《マスターキー》ならムーサ音楽院の建物が全《すべ》て開く。ムーサ音楽院の学長室も金庫も牢獄《ろうごく》も、本鍵なら開くということだ。——捕《つか》まる時に隠《かく》して正解だった」

そう言ってダグは、首に下げた金の鍵を撫《な》でる。呆然としていたエルダが我に返った。

「牢獄、金庫……ダグ、お前今までどこで何をしていたんだ！　私がどれだけ探したと」

「そいつに案内された牢獄で大人しく寝とっただけだ。学長室の金庫にある就任承諾書にサインができるよう、指を守ってな。ほれ」

ダグが古びた紙をビルに向けて突《つ》き出す。カーチスが冷ややかにダグを見つめた。

「なるほど、やっと女王勅令の就任承諾書にサインをなさったのですね——ダグ学長」

「は？」

エルダとメロウは同時に惚《ほう》ける。ビルはへなへなと、枯れた土の上に座り込んだ。

「そんなわけで、今日から俺がムーサ音楽院の学長だ」

学長室の椅子《いす》に腰かけて、ダグがそう宣言した。学長机の前に立ったメロウは、理解が及《およ》んでいない頭で曖昧《あいまい》に頷《うなず》いてから——尋《たず》ね返した。

「あの……教授を、クビになったって聞いてたんですけど……」

「何だ知っとったのか。クビになったさ、お前の母親のせいだ」

顔を顰《しか》めたダグに、メロウは緊張《きんちょう》する。ダグは吐《は》き出すように続けた。

「野菜開発に警告論文を出したら突然《とつぜん》女王に呼び出されて、ムーサ音楽院を改革したいから学長になれと言われた。俺は野菜を研究したいだけだと断ったら、ムーサ音楽院の野菜分野の研究援助金《えんじょきん》を打ち切られ、この鍵と一緒《いっしょ》に学長の辞令がきた。女王の勅令だ。意味が分かるか」

「……野菜の研究したきゃ学長になってやれってことだよな、それ」

メロウの肩《かた》の上でラヴィがぼそりと答える。ダグはぎろりとメロウを睨《にら》んだ。

「そうだ。娘《むすめ》が無謀《むぼう》なら、母親は横暴ときとる。鍵は何度送り返してもしつこく送ってくる、俺を名指しした就任承諾書は俺がサインをするまで永久保管、破損破棄《はき》は命令違反《いはん》になるとムーサ音楽院を脅《おど》して身動きがとれんようにする。娘は娘で濡《ぬ》れ衣《ぎぬ》をきせられ、一体どれだけ人を振り回す気だ貴様ら親子は！」

「す、すみませんっ」

ダグに怒鳴《どな》られてメロウは反射的に謝る。しかしラヴィが憤然《ふんぜん》とダグに問いただした。

「でも何で学長やらずに、野菜の種苗専門店なんてやってたんだよ」

「腹立たしいだろうが。学長になりムーサ音楽院で野菜の研究をすれば、それこそ女王の思惑《おもわく》通りだ。俺を知っていてこっそり協力してくれる生徒もおったし、研究はあの店でも細々と続けられた。女王もその内呆《あき》れてクビにするだろうと思っとったら五年六年すぎて、今度は娘の方が野菜を作りたい作り方を教えてくれ、だ。今度は何の罠《わな》かと思っただろうが――本気かどうかは見ていれば分かったが」

ダグは一度、大きく息を吐き出した。メロウは恐縮《きょうしゅく》したまま、学長机の前に立ち続ける。

「だが、こんなことになったのは学長の座を中途半端《ちゅうとはんぱ》に放置していた俺の責任だ。拉致《らち》監禁《かんきん》も二度と御免《ごめん》だしな、腹を括《くく》ることにした。結局女王にしてやられたようで釈然《しゃくぜん》とせんが」

「何であんな奴《やつ》に学長代理任せたんだよ、ムーサ音楽院は」

「そう言うな。優秀《ゆうしゅう》な副学長で、素晴《すば》らしい教育者だったんだ、あれも。……エイディ・ヒトライツという規格外の名誉《めいよ》と金を生む木に目がくらんだだけだ」

ソファの方に目配せされ、メロウはそっと振《ふ》り返った。そこでは、レイオルがエイディに先《さき》程《ほど》から説教し続けている。ミミがレイオルをなだめる声が聞こえた。

「レイオル殿、無事だったんだ。もう怒《いか》りをおさめてはどうだろうか」

「おさめられるかっ……兄ちゃんは言っただろう、今は大人しくしてろと！　なのに持ってる鍵のデザインが同じだっていうだけでムーサ音楽院中ミミにダグ先生の捜索《そうさく》をさせるわ、見つけたら見つけたでダグ先生と共謀《きょうぼう》して証拠品と就任承諾書を手に入れるために学長室に忍《しの》び込むわ、綱渡《つなわた》りばっかりしやがって！　お前、実は馬鹿なんだな⁉　メロウちゃんのことだって兄ちゃんが何とかしてやると言っただろうが！」

「だってあからさまにあいつ怪しかったしさー。メロウのことは俺が何とかしたかったし、もういいじゃん。兄ちゃんとの約束だって破ってないし」

「ったりまえだ破ってたら即行《そっこう》で屋敷《やしき》に強制送還《そうかん》だ‼」

「うるさいですよクラウ・ヒトライツの弟。兄弟そろって弟馬鹿も大概《たいがい》にして下さい」

「……そういう君は冷静だな。全部承知の上だと疲《つか》れもなくていいな……」

学長室の扉の前に立っているカーチスを、エルダが恨《うら》めしげに睨む。カーチスは眼鏡を持ち上げて、涼《すず》しい顔で答えた。

「派遣《はけん》教師の貴方《あなた》がムーサ音楽院の学長候補の顔を知らないのは、仕方がないことです。落ち込む必要はありませんよ」

「お前はいつもそうだ……昔からいつもそうやって私を馬鹿にしているだろう!!」

「とんでもない、学長代理が怪しげな噂《うわさ》を立て邪魔《じゃま》をしなければ、貴方はあの女王勅命《ちょくめい》を断った不届き者の正体を暴《あば》いたでしょう。そうでなくても私は一向に構いませんでしたが」

「――お前まさか、女王の勅命に背《そむ》いた人間はどうなってもかまわないと……」

「牢獄で死ぬのは当然の末路です」

「この女王崇拝《すうはい》者がッ……反女王派よりタチが悪い……！」

迷いもなく肯定したカーチスに、エルダが額に手を当てて苦悩《くのう》していた。優秀な精霊監察官《せいれいかんさつ》に、メロウは初めて同情する。だがダグは、冷たくその喧噪《けんそう》を断《た》ち切った。

「うるさい、全員黙《だま》っとれ。さて――エイディ・ヒトライツ。お前、これからどうする」

ダグの問いかけに、エイディが振り向《む》いた。レイオルが説教をやめ、メロウは少し身を引いて、エイディとダグの視線を合わせる。ダグがもう一言、付け加えた。

「俺は学ぶ意欲《いよく》のない奴に残って欲しいとは思わん。退学させてやるぞ」

「俺、ムーサ音楽院に戻《もど》る」

あっさりと即答《そくとう》したエイディに、メロウは驚《おどろ》く。ダグが胡散臭《うさんくさ》そうに鼻を鳴らした。

「一応、理由を聞いておこうか？」

「授業が面白《おもしろ》いんだ。これ何に使えるかなって考えるのが楽しくてさ。色々やってみたいことも増えたから、それならここに残るのが一番効率がいいし――」

そう言ってエィディは一瞬《いっしゅん》だけ、メロウを見た。だがすぐにダグに視線を戻して答える。

「安定した生活が大事らしいから」

「おい何企んで安定した生活求めてんだよ!?」

「男らしく見えなくもないぞエィディ！」

「静かにしろ契約精霊《けいやくせいれい》ども。なら好きにすればいい――次に、メロウ・マーメイドル」

名前を呼ばれ、メロウは慌《あわ》ててダグに向き直った。野菜を見つめる時と同じ、真剣《しんけん》な眼差《まなざ》しで、ダグがメロウに口を開く。

「今回は俺の怠慢《たいまん》で迷惑《めいわく》をかけた。詫《わ》びとしてお前をムーサ音楽院に迎《むか》え入れることもできないではないが、どうする」

メロウはぐっと、拳《こぶし》を握《にぎ》る。そしてゆっくり、首を横に振った。

ダグが目を細めながら、もう一度確かめる。

「後悔《こうかい》はしないか」

「はい。だって私にここに入るだけの実力はありません――今はまだ」

ダグが瞠目《どうもく》する。意表を突かれたその表情にメロウは笑《え》みを零《こぼ》し、その笑みはダグにも伝染《でんせん》した。

「――道理だな。確かにお前にはムーサ音楽院に入る実力はない」

「……やれやれ。ということは私の苦労はそのまま続行するというわけですね」

「嬉《うれ》しそうだな女王の犬。私はいつか絶対、お前を更生《こうせい》させるぞ！」

「私はこのままで幸せですよ。エルダ、貴方《あなた》さっさと監察《かんさつ》官の仕事に戻ったらどうです？」

喧噪の中で、メロウはそっとエイディの方をうかがってみる。エイディはメロウを見て悪戯《いたずら》っぽく微笑《ほほえ》み、頷き返した。

――メロウはそれでいいよ。

そう、言われた気がした。

フィナーレ

海が見える木の柵《さく》に面して、形の違《ちが》う鉢植《はちう》えがずらりと並んでいた。その鉢植えには、ぽつぽつと土にへばりつくような形で、アネモネが色取り取りの花びらを広げている。

「——完璧《かんぺき》でしょ、ラヴィ」

「どこが？」

青空の下で額の汗《あせ》を拭《ぬぐ》ったメロウは、新聞を読んでいたラヴィの白けた一言に頬《ほお》を引きつらせ、鉢《はち》を指差した。

「ちゃんと咲いてるじゃない、百発百中よ！　これで今日の再試験はばっちりだわ」

「咲いてるっていうより潰《つぶ》れてるよこれ。これがアリだっていうなら予備学生のレベルが低すぎる。むしろ才能？　こんな咲かせ方できるんだね、ボク感心した。精霊《せいれい》歌って奥が深い」

「さっ……咲けば合格だもの、咲かせれば！」

押し潰されたような不格好なアネモネでも、咲いているものは咲いている。開き直ったメロウに、ラヴィはわざとらしく明後日《あさって》の方向を向いた。

「今日は何とかなっても次の試験でどうなるんだか……品質を問われたら一発で落ちるね」

「何とかするわ、今回だって何とかなったもの……！」

「あのボンクラに追いつきたいんだろ、その場しのぎじゃますます差をつけられるだけだよ」

容赦《ようしゃ》なく言い放ったラヴィは、持っていた新聞を突《つ》き出した。メロウは戸惑《とまど》いながらそれを受け取り、一面の記事に声を上げる。

「――来年の感謝祭で女王から共演のオファー⁉　ちょっ、まだ精霊歌士でもないのに⁉」

「他《ほか》にもあのカーギルホールからコンサートの依頼《いらい》、あちこちのオーケストラから怒濤《どとう》の共演申し込み。今度のムーサ学園都市の収穫祭ではトリで。夏休みは大忙しみたいだね、アイツ。再試験をこなすのが精一杯《せいいっぱい》のメロウと違って」

「……っきに、しないもの……このくらい……追いつきがいがあるってことでしょ……っ」

しわがつくほど新聞を握り締《し》めながら、メロウは震《ふる》える声で言い返した。だが、心中は動揺《どうよう》と嫉妬《しっと》と焦《あせ》りで乱れまくっている。

(女王と共演⁉　そりゃ、エイディは次の王候補だって言われてるけど……！)

いくら何でも進む速度が速すぎる。追いつく前に一周して後ろから追いつかれそうだ。

「このままで追いつけると思えないんだけどな、ボク」

「ラヴィ、私の契約精霊としてその態度はどうなの⁉」

新聞から顔を上げて批難するメロウを、ラヴィはちらと見て、言い足した。

「でもボクは優秀《ゆうしゅう》な契約精霊だからね。ボクが本気出せば、負けないよ」

メロウは二度まばたきをして、頬を緩《ゆる》ませ、ラヴィを肩《かた》に乗せた。

「負けず嫌い」

「メロウに言われたくない」

新聞を脇《わき》にかかえ、それなりに綺麗《きれい》な形のアネモネが咲いた鉢を一つ、メロウは選ぶ。父親に住所を報《しら》せる手紙と一緒《いっしょ》に送るのだ。

――ビルの事件から、既《すで》に半月が経過していた。

呪いの種を使い、首席を巻き込んだムーサ音楽院学長代理の犯罪だ。大騒動《おおそうどう》になるはずが、事件はムーサ学園都市の記事欄《らん》に小さく載《の》っただけで、すぐに終息した。恐《おそ》らくどこからか圧力がかかったのだろう。ビルはムーサ音楽院で発生したなれの果てとの関係も疑われ、取り調べが続いているらしいが、情報は全く流れてこない。

だが、嫌疑《けんぎ》が晴れたメロウの店の営業停止処分は取り消された。賠償《ばいしょう》金も少ないながら支払《しはら》われ、今は営業再開に向けての準備をしているところだ。そしてもう一つ、メロウはエルダとカーチスの進言で、他の予備学生達と同じように再試験を受けられることになった。

(まずは目の前のことを一つ一つやっていかなきゃ)

ここで再試験に落ちれば、そこで終わりだ。気を引き締め直したメロウは、片付けたばかりの野菜畑を横切り、裏口から家の中に入る。居間のテーブルに鉢と、新聞を置いた。

エイディにはあれから一度も会っていない。メロウがエルダの事情聴取《ちょうしゅ》を受けている間に、エイディはレイオルに引きずられ、寮《りょう》に戻ってしまった。挨拶《あいさつ》すらままならなかった別れ際《ぎわ》を思い出し、唇《くちびる》を噛《か》む。まだメロウはエイディに謝っていない。

だが、会う機会をどうやって作ればいいのだろう。ムーサ音楽院のあの壁《かべ》は、物理的にも心理的にも高い。そもそも夏休み、エイディがどこにいるのかも分からない。

「──でもエイディだって頑張《がんば》ってるんだから私も頑張らないと、だよね」

待ってというのは甘えだ。メロウはエイディの予定を書き上げた新聞記事から目を上げる。

「じゃあラヴィ、私、再試験に行くからお昼ご飯はそこに」

「おお、メロウ殿は今日が再試験か！」

「──は!?」

振《ふ》り向《む》いたメロウに、ぱたぱたと左右に揺《ゆ》れる尻尾《しっぽ》が見えた。ラヴィは新聞記事を置いたテーブルの上で、赤い目と長い耳をまとめて前足で隠《かく》している。

「ボクは何にも見えない──何にも聞こえてないからな！」

「エイディ、起きろ。メロウ殿を激励《げきれい》するんだ」

「ミ、ミ、ミ……ッ何で、エイディ!!」

メロウが人差し指を突き付けた先には、開いた本を顔に乗せ、ソファで眠っているエイディがいた。くぐもった声が本の下から聞こえ、寝惚《ねぼ》け眼《まなこ》のエイディが顔を出す。

「……あーメロウ……おやす」

「ちょっと待って起きてエイディ！　いつの間に⁉　家の鍵《かぎ》は⁉」

「合鍵《あいかぎ》があったので、それで入らせてもらった。メロウ殿が熱心に歌の練習をしていたので、邪魔《じゃま》をするのも悪いと思い、つい」

ミミの答えにソファまで勢い込んでやってきたメロウは足を止める。ひょっとしてあの対抗《たいこう》心むき出しの会話が聞かれていたりしたのだろうか。

恥《は》ずかしさで泳いだメロウの目が、ソファの横にある大きな旅行バッグをとらえた。エイディがムーサ音楽院から脱走《だっそう》してきた時と同じものだ。

既視感《きしかん》と嫌《いや》な予感が全身に回る。

エイディはクッションを枕にしたまま、欠伸《あくび》まじりに答える。

「……がっこー、夏休みだから……レイオル兄ちゃんも開墾《かいこん》送りに成功したし……ねむ……」

「──そ、そう。でも、あの、新聞に、すごく……予定が……」

「ああ……だって授業もないのに朝起きなきゃならないとかそんな生活、俺、できな」

「お願い言わないで！　……全部分かったから、言わないで……」

顔を覆《おお》って絶望したメロウに、エイディはやっと開いた目を向けた。

「それより俺、メロウに雇《やと》って欲しいなーと思って戻《もど》ってきたんだけど」

「は？」

久し振《ぶ》りすぎてエイディとの会話がままならない。聞き返したメロウに、エイディは真剣《しんけん》な眼差《まなざ》しで夏休みの計画を発表した。

「惣菜屋、またやるんだろ？　だから俺、夏休みの間、ここでアルバイトすることにした！」

「立派だぞエイディ！　進歩している気がする！」

　勝手に盛り上がるエイディとミミに、メロウは開いた口がふさがらない。ラヴィも耳と目をふさいだままだ。何か口にする気力ごともっていかれているのだろう。

「？　メロウ、どうしたんだ？　怒《おこ》ってるのか？」

「……一応言っておくけど、うちには人を雇う余裕《よゆう》なんてないです」

「大丈夫《だいじょうぶ》、メロウが俺の面倒《めんどう》みてくれたらアルバイト料、いらない」

　そうくると思った。何もかもに疲《つか》れたメロウは、げんなりして頷《うなず》く。

「そう……もう、好きにして……」

「俺、頼《たよ》れる男になるよう頑張るからな」

　答える力もなくラヴィの元へ戻ろうとしたメロウの手を、エイディがつかんだ。手の甲を親指の腹で撫《な》でられ、艶《つや》の乗った紺碧《こんぺき》の瞳《ひとみ》に見上げられ、メロウは音を立てて固まる。

「……だから早く、俺に追いついて」

「そこまでだよ天然の皮を被《かぶ》ってるだけのボンクラ！　メロウから離《はな》れろ！」

「うわっ」

　物凄《ものすご》い勢いで間に飛び込んできたラヴィに噛み付かれそうになり、エイディが手を離す。メロウは急いでテーブルまで逃げて背を向けた。勝手にじわじわ火照《ほて》る頬を、両手で押さえる。

(な、何、今のはっ……追いついてって)

かたやムーサ音楽院の首席、かたや再試験を受ける予備学生。その差は歴然としているのにどういう意味か——はっとメロウは瞠目《どうもく》する。これは、宣戦布告ではないだろうか。

(……再試験なんて軽々突破《とっぱ》してエイディより早く精霊歌士にならなくちゃ……！)

エイディはムーサ音楽院を卒業すれば、精霊歌士になってしまう。勝負は卒業する二年の間だ。決意を新たに燃え上がるメロウの背後で、いつものやり取りが始まっていた。

「それは違《ちが》うラヴィ殿。エイディはちゃんと天然だ」

「ちゃんと天然って何だよ⁉ ボクは信じないぞ、このボンクラ絶対腹黒い！」

「俺ってボンクラかな」

「もう一度突っ込んどくけど突っ込まないぞボクは！ メロウ、こいつと住むなんてやっぱり駄目《だめ》だ、危険すぎる！」

「じゃあ私、講義に行ってくるから」

「ちゃんと聞けよ、ボクは真剣に心配してるんだぞ！」

興奮して怒鳴《どな》るラヴィに、メロウは真剣に頷き返した。

「大丈夫、負けないから。まず今日の再試験を乗り切ってくる。まかせて」

「違う、そこじゃないよ……何でそうメロウはチョロいんだ……！」

「今日が再試験かー。何、歌うんだ？」

エイディの問いにメロウの動きが完全停止した。ラヴィが後退《あとずさ》りする。

「……メ、メロウ？」

口を開こうとしてやめ、視線を彷徨《さまよ》わせ、スカートの生地《きじ》を指で揉《も》む。しばらくそうしてから、やっとのことで、メロウは小さく答えた。

「……こ、子守歌《こもりうた》……がんばってみようと、思って……で、でも特に深い意味はないの」

「へ？」

「だっていつまでも逃げてるわけにはいかないし……その……じゃあいってきます！」

エイディの顔は一切《いっさい》見ずに、メロウは用意してあった鞄《かばん》を取り、家を飛び出した。


再試験の順番待ちの椅子《いす》には、リーリも座っていた。彼女も再試験なのだ。話しかけるか迷ったが、メロウが姿を見せるなり周囲に広がった不信の目に諦《あきら》めが勝った。この状態では話しかけても迷惑にしかならないだろう。

女王の娘《むすめ》だから不正行為《こうい》もお咎《とが》めなしに、図々《ずうずう》しく再試験を受けている。大した実力もないくせに——それが周囲の認識《にんしき》だ。

不正行為は濡《ぬ》れ衣《ぎぬ》だ。昔なら、メロウに作れない植物はなかった。そう主張するだけなら簡単だ。だが、昔には戻れない。今のメロウに、周囲の誤解を解くだけの実力もない。

エイディまでは遠い。それでも、まずここから始めなければならない。

「メロウ・マーメイドル。入りなさい」

「はい」

カーチスに呼ばれたメロウは背筋を伸ばして、立ち上がる。

子守歌はメロウの心の傷そのものだ。だからこそ歌わなければならない。母親の手紙を読むために。父親達に悲しい顔をさせないために。自分と向き合うために。

そしていつか素敵《すてき》な子守歌を、彼に届けるために——メロウは一歩、前へと踏《ふ》み出した。

枯れた大地を歌で彩《いろど》る世界。

これは、彼女がこの世界に愛されすぎた彼の隣に並び立つまでの物語——世界が夢見た、歌物語。

あとがき

初めまして、永瀬さらさと申します。本作品は第十一回角川ビーンズ小説大賞にて奨励賞《しょうれいしょう》&読者賞を頂いた作品を改題・改稿《かいこう》したものです。お手に取って下さり、有り難《がと》う御座《ござ》います。

主人公メロウが周囲や才能に負けず、諦《あきら》めず、自分の夢を叶《かな》えられるか。私が夢を一つ諦めた時に書いた投稿作でした。この作品でデビューのチャンスを下さった審査《しんさ》員の先生方や読者審査員の皆様《みなさま》、審査に携《たずさ》われた皆様に、心よりお礼申し上げます。夢のスタートラインに立った今の気持ちを忘れず、進んでいきたいと思います。

素敵《すてき》なイラストを描《えが》いて下さった雲屋ゆきお先生。ラフを見せて頂いた時、受賞して良かったと心底思いました。本当に有り難う御座います。手綱《たづな》を取り導いて下さった担当様やここまで支えて下さった方々、癒《いや》しの愛犬達にも謝辞を。これからも宜《よろ》しくお願いします。

何より、この本を読んで下さった皆様。有り難う御座いました。少しでも楽しんで頂けたなら幸いです。また次の作品でお会いできますように。

永瀬さらさ

「精霊歌士と夢見る野菜」の感想をお寄せください。
おたよりのあて先
〒102-8078　東京都千代田区富士見1-8-19
株式会社KADOKAWA　角川ビーンズ文庫編集部気付
「永瀬さらさ」先生・「雲屋ゆきお」先生
また、編集部へのご意見ご希望は、同じ住所で「ビーンズ文庫編集部」までお寄せください。

精霊歌士《せいれいかし》と夢見《ゆめみ》る野菜《やさい》

永瀬《ながせ》さらさ

角川ビーンズ文庫　BB90-1　18230

平成25年11月1日　初版発行

発行者——山下直久
発行所——株式会社KADOKAWA
東京都千代田区富士見2-13-3
電話(03)3238-8521(営業)
〒102-8177
http://www.kadokawa.co.jp/
編　集——角川書店
東京都千代田区富士見1-8-19
電話(03)3238-8506(編集部)
〒102-8078
印刷所——暁印刷　製本所——BBC
装幀者——micro fish

ISBN978-4-04-101068-6 C0193 定価はカバーに明記してあります。

封鬼花伝《ふうきかでん》
三川みり
イラスト／由羅カイリ
荻原規子氏、絶賛!!
「シュガーアップル・フェアリーテイル」の三川みりと、
「彩雲国物語」の由羅カイリが贈る王道和風ファンタジー！
角川ビーンズ文庫

精霊歌士と
夢見る野菜
メロウ&エイディの
ハラハラ同居はつづく……!?
さっそく大トラブル発生で、
見習い修業の行方は——!?
永瀬さらさ
イラスト／雲屋ゆきお
第2巻
2014年春
発売予定!!
角川ビーンズ文庫

第13回
角川ビーンズ小説大賞
原稿募集中！
文芸部
新しいトキメキ、
待ってます！
賞金 大賞300万円
（ならびにトロフィーと応募原稿出版時の印税）
締切 2014年3月31日（当日消印有効）
発表 2014年12月発表（予定）
審査員（敬称略、順不同）
金原瑞人　宮城とおこ　結城光流
★応募の詳細はビーンズ文庫公式HPにて！
http://www.kadokawa.co.jp/beans/
イラスト／カズアキ